당신에게
연애가
어려운 이유

3545 싱글녀들을 위한 본격 '썸'토크

당신에게 연애가 어려운 이유

홍유진 지음

더시드
컴퍼니

"당신은 골드미스입니까,
올드미스입니까?"

누군가 이런 질문을 건넨다면 지금 이 책의 첫 장을 펼쳐든 당신은 어느 쪽이라고 대답하겠는가? 단 1초의 망설임도 없이 대답할 수 있는 사람은 그리 많지 않을 것이다. 자신의 직업, 경제력, 외모, 성격, 매력 등등을 떠올리며 전자일지, 후자일지를 곰곰 생각하게 될 것이다. 그리고 문득, 주변에서 나를 어떻게 바라보는지도 궁금해질 것이다. 어느 쪽으로 결론이 나든, 당신이 두 가지 대답을 놓고 고민하고 있다는 것 자체가 한창 썸 타는 중이거나 연애 중인 '러블리 미스'는 아니라는 얘기다.

사실 남자에게 골드미스와 올드미스는 크게 다르지 않다. 사회적으로 성공하고, 자신을 가꿀 줄 알고, 언제 어디서나 당당한 골드미스는 남자들이 생각하기에 그냥 좀 까칠하고 매력 없는 여자다. 매사 신중하고, 깐깐하고, 연륜이 묻어나는 올드미스 역시 남자에겐 그냥 드세고 피곤한 노처녀일 뿐이다.

결혼 적령기를 지나 어느덧 난임難姙으로 가는 길목에 서 있는 수 많은 3545 싱글녀들은 한 살, 한 달, 아니 하루라도 젊을 때 인연을 만나야 한다. 물론 결혼이 인생의 최종 목표는 아니지만, 누군가와 진정한 사랑을 나누고 사랑하는 이와 많은 것을 공유하며 행복하게 살고 싶어 하는 것이 인간의 자연스러운 본성이다. 그런데 도대체 어떻게 연애를 해야 하는지, 어떤 남자를 만나야 좋을지, 괜찮은 남 자를 어떻게 내 남자로 만들 수 있는지 모르겠다는 여자들이 의외 로 참 많다. 다 떠나서, 자신이 왜 연애를 못하는지조차 제대로 모른 채 엉뚱한 곳에서 이유를 찾는 여자들이 많다는 게 가장 큰 문제다.

20대에는 모르면 물어볼 수라도 있었다. 그러나 3545 싱글녀들 은 딱히 물어볼 데도 마땅치 않다. 산후조리원은 어디가 좋은지, 아 이 유치원은 어디를 보내야 할지, 학부모 모임에는 어떤 옷을 입고 가야 할지를 고민해야 할 나이에 이 남자가 정말 괜찮은 남자인지,

왜 연락을 안 하는지, 이 남자가 한 말은 어떤 의미인지를 주변 사람들에게 물어보기엔 스스로 생각해도 '참, 없어 보인다'. 그런데도 막상 연애 초보인 3545 싱글녀들을 상담해 보면 고집과 자존심은 어찌나 센지, 진심 어린 조언을 건네도 귀담아들으려 하지 않는다. 그러다 보니 자꾸 엇나가고, 계속해서 연애에 실패하고, 사랑을 두려워하게 되는 것이다.

나는 경력 20년의 대한민국 1세대 커플매니저다. 20년 동안 1만 명 이상의 남녀를 상담하고, 만남을 주선해 왔다. 그리고 약 1,000쌍을 성혼시켰다. 필드에서의 오랜 경험을 통해 이것만은 자신 있게 말할 수 있다. 세월이 흐르고 시대가 바뀌었어도 대한민국 남자, 단순하다. 남자가 선호하는 여성상은 분명하고, 남자가 바라는 여자의 성격은 한결같고, 남자가 반하는 여자의 모습은 여전히 거기서 거기다.

하지만 여자들은 너무 복잡해졌고 너무 많이 변했다. 이것저것 조건이 붙은 이상형, 과하다 싶을 정도의 욕심, 찔러도 피 한 방울 안 날 것 같은 차가움과 도도함, 너무 낮거나 너무 높이 치우친 자존감 등등, 연애를 어렵게 만들었던 이유들이 분명히 있을 것이다. 이런 문제점을 파헤치고 되짚어 보는 것이 연애에 성공하기 위한 첫 번째 과제다.

그런 의미에서 이 책의 1장에서는 '나는 왜 지금까지 싱글로 지낼 수밖에 없었는지, 왜 남들은 잘만 하는 연애가 내게는 어려운 것인지', 그 이유를 객관적으로 파악할 수 있도록 일종의 셀프 체크리스트를 담았다. 자신의 문제점을 파악했다면 그다음은 다가오는 기회를 잡고, 또 새로운 기회를 만들 차례다. 누군가 나에게 보내는 관심의 신호를 알아차리지 못한다면 연애로 이어지기란 불가능하다. 그래서 2장은 그 신호를 제대로 캐치하고 연애로 이어질 수 있도록

관계 진전의 팁을 주고 있다. 이런 썸이 연애로 이어졌을 때, 좀 더 괜찮은 남자를 초이스할 수 있는 방법은 이어지는 3장에서 소개하고 있다. 3장에서는 지금 만나는 남자가 정말 괜찮은 남자인지 아닌지를 구별할 수 있는 '안목 키우는 방법'까지 얻을 수 있다. 마지막으로 4장에서는 어쩔 수 없이 이별하게 됐을 때, 혹은 지난 이별의 아픔 때문에 다시 사랑에 빠지기를 두려워하는 이들에게 이별을 극복하고 다시 사랑할 수 있는 방법을 얘기하고 있다.

운전이 서툴 때는 자신이 차선을 똑바로 타고 가는지, 교통 흐름을 방해하지 않는지 알기 어렵다. 옆에서 운전 경험이 풍부한 숙련자가 봐야 삐뚤게 가고 있진 않은지, 차량 흐름을 읽고 잘 따라가고 있는지 정확하게 파악할 수 있다. 객관적으로 운전자의 실력을 파악할 수 있기 때문이다. 연애도 마찬가지다. 서툴거나 객관적으로 바라보지 못해서 실수와 실패를 반복하게 되는 것이다. 그렇기 때문에 필드에서의 오랜 경험과 상담을 통해 충분한 데이터를 가지고 있는 전문가의 객관적 조언이 반드시 필요하다.

　이 책을 읽는 독자들이 비록 지금은 연애하고 있지 않더라도, 이 책의 마지막 장을 덮는 순간에는 '연애하고 싶다'라는 생각과 함께 이전보다 훨씬 더 괜찮은 남자를 고르는 안목을 기를 수 있기를 진심으로 바란다. 성공하고 똑똑한 여자일수록 '일을 연애처럼 하는' 오류를 벗어날 수 있을 것이다. 또 적어도 연애할 때마다 도지는 자신의 고질병 하나쯤은 객관적으로 진단할 수 있게 되고, 나아가 멋진 연애, 후회 없는 사랑을 하게 되길 간절히 바란다.

홍유진

| Contents |

| Part 2 | 썸 타다 쌈하는 여자들을 위한 워밍업

love

Part 1

나는 왜 아직도 싱글인가?

30대, 능력 있는 싱글녀는 많은데
능력남은 없다?

"근데 요즘 왜 이렇게 잠잠해? 애인은 만들었어?
설마 너 연애도 굶고 있는 건 아니지? 빨리 결혼을 해야지……
내일모레면 마흔인데, 내일 당장 결혼한대도 너 늦은 거야~"

꽉 막힌 강변북로 위에서 의도치 않게 J의 통화를 엿들어 버렸다.
휴대폰 너머에서 들려오는 하이톤의 목소리가 조수석에 앉은
내 귀에까지 쨍쨍하게 울렸다. 내가 커플매니저 컨설턴트로
출연하고 있는 TV 방송을 통해 알게 된 J는 업계에서 꽤 잘나가는
공연기획자로, 자기관리도 철저한 골드미스다. J는 운전 중이라며
서둘러 전화를 끊더니, 이내 쓰나미처럼 밀려오는 짜증을 꾹꾹
누르며 말을 이어갔다.

"애인이 무슨 점토 인형도 아니고, 쪼물딱거려서 만들 수 있는 게 아니잖아요? 만드는 게 아니라 그냥 자연스럽게 생기는 거지. 물론 잘 안 생긴다는 게 문제지만……."

정말 그녀의 말대로 연애 상대는 억지로 만드는 게 아니라 그냥 자연스럽게 생기는 것일까? 그게 우리가 말하는 인연이고, 운명일까? 그게 뭐 그리 중요하냐고 말하는 이들도 있겠지만, 사실 '만드는 것'과 '생기길 기다리는 것'에는 엄연한 차이가 있다. 적극적인 자세와 소극적 태도라는 상반된 액션이 한 사람의 연애사를 완전히 뒤바꿔 버릴 수도 있기 때문이다.

20대 초반부터 꾸준히 연애를 하고, 소개팅이나 미팅을 통해 만남과 이별을 거듭한 청춘이라면 일찌감치 연애의 단맛 쓴맛을 경험하고, 옥석을 가리는 안목도 키웠을 것이다. 수많은 옥석 중 하나를 선택해 결혼에 골인했고, 그와 동시에 '남친'이라는 임시적 아군에서 '남편'이라는 평생의 아군을 얻게 됐을 것이다. 그리고 부모와 형제자매가 아닌, 또 다른 가족이라는 근사한 선물도 얻었을 것이다. 자신의 인생 1막에 최선을 다한 대가로 인생의 새로운 2막이 열린 셈이다.

반면 연애에 소극적인 여자들은 서른이 훌쩍 넘은 지금까지도 남자가 알아서 다가와 주길 기다리는 태도로 일관했을 것이다. 20대에야 호르몬의 명령에 충실한 혈기왕성한 남자들이 심심찮게 작업을 걸어왔고, 못 이기는 척 넘어가면 그게 바로 애인이 생기는 거였고, 연애의 시작이었다. 그러나 결정장애, 혹은 모종의 이유로 30대 초반까지 흘려보낸 뒤 정신을 차려보니 불혹의 언저리에 와 있는 지금, 웬만한 남자가 작업만 걸어온다면 제대로 넘어가줄 용의가 충분하건만 작업은 고사하고 남자 자체가 씨가 말랐다. 그렇게 하루하루 연애 공백기는 늘어만 가고, 이제 그 흔한 썸남 하나 없이 혈혈단신, 외로운 솔로 인생에 익숙해지면서 덜덜거리는 자동차처럼 연식만 자꾸 더해갈 것이다.

자신이 인생 1막에서 끝도 없이 도돌이표를 찍게 될 줄은 누구도 예상치 못했을 것이다. 그 주인공이 왜 하필 나여야 하는지, 지금도 이해하지 못하고 괴로워하는 이들도 있다. 주변에 시도 때도 없이 다그치거나 염장 질러가며 위로인 척, 걱정인 척, 훈수 두는 이들도 있을 것이고, 지금 자신의 인생이 1막에서 허우적거리고 있다는 사실조차 인식하지 못하는 이들도 있을 것이다.

이제 스스로 상대를 찾아 나서지 않으면 기회조차 주어지지 않는 나이가 됐지만, 나이가 더해질수록 왠지 적극적으로 남자를 찾아 헤맨다는 것은 '아직까지도 임자 없는 못난 여자'라고 스스로 인증하는 것 같아 자꾸 멈칫하게 된다. 그러곤 행동하지 않는 자신을 합

리화하기 위해, 사랑은 원래 감기처럼 어느 날 갑자기 찾아오는 거라고 우물우물 변명을 한다. 그냥 이렇게 있다 보면 언젠가는 누군가 내 삶으로 조용히 스며들어 사랑을 싹 틔우고, 결혼해서 아들딸 낳고 알콩달콩 '햄 볶으며' 살게 되지 않을까……라는 동화 속 해피엔딩을 꿈꾼다.

이들은 모두 말이 좋아 소극적이지, 사실은 자신의 연애를, 나아가서는 자신의 인생을 방관한 셈이다. 그렇게 두 손 놓고 '누군가 나타나겠지' 하고 살다가 어느 날 정신을 차리고 보니 주변엔 모두 가정을 이뤘거나 목하 열애 중인 사람들뿐이고, 자신만 외로운 싱글라이프를 보내고 있을 것이다. 결혼도 연애도 모두 현실이다. 가만히 앉아서 누군가 자신의 삶 속으로 들어와 주길 기대하는 건 너무나도 비현실적이고 무책임한 태도다.

만나고 싶은 사람을 직접 찾아 나서고, 주변 사람들에게 도움을 청하고, 갖고 싶은 사람에게 용기 내어 다가가라. 지금 시작하기엔 늦은 것 같고, 이번에 잘못되면 또 얼마나 긴 방황의 시간을 보내야 할지 두렵기만 하고, 그때 다시 또 누군가를 만날 수 있다는 보장도 없을 것 같고……. 여러 가지 고민에 자꾸 원점으로 돌아가려 할지도 모른다. 시작도 하지 않은 채 혼자서만 너무 앞서가고, 너무 계산하기 때문이다. 누구라도 일단 만나 보거나 만날 기회를 잡으라는

자신이 인생 1막에서 끝도 없이 도돌이표를
찍게 될 줄은 누구도 예상치 못했을 것이다.
그 주인공이 왜 하필 나여야 하는지,
지금도 이해하지 못하고 괴로워하는 이들도 있다.

것이지, 무조건 만나서 사랑하고 결혼하라는 얘기가 아니다. 자신의 연애에 주체가 되어 행동하고 움직여야 한다는 것이다. '운명'은 누구에게나 있다. 그것을 '행동'으로 잡아채는 사람만이 진정한 '행운'을 얻을 수 있다.

감나무 밑에서 감 떨어지기만을 기다리다간 사다리 타고 나무에 오른 새파랗게 어린 것들에게 밀려 내 몫은 꿈도 꿀 수 없게 된다. 감나무를 통째로 흔들어서라도 '득템'하겠다는 의지가 있어야 하고, 마치 보물찾기하듯 인연을 샅샅이 찾아내야 한다. 이제부터는 생의 순간순간 스치듯 찾아오는 인연이라 할지라도, 가볍게 넘기지 말고 자기 것으로 만들어야 비로소 진정한 기회가 된다. 자신의 연애를 방관만 하는 사람에겐 어떠한 기회도 오지 않는다. 설령 그것이 운명이라 할지라도!

이제부터는 생의 순간순간 스치듯 찾아오는 인연이라 할지라도,
가볍게 넘기지 말고 자기 것으로 만들어야
비로소 진정한 기회가 된다.
자신의 연애를 방관만 하는 사람에겐 어떠한 기회도
오지 않는다. 설령 그것이 운명이라 할지라도!

행운은 자전거 레이스 같은 거야.
기다리면 섬광처럼 지나가지.
붙잡을 수 있을 때 꽉 잡지 않으면 후회해.

- 영화 〈아멜리에〉 중에서

여자 나이,
과연 숫자에 불과할까?

　한때 여자 나이를 크리스마스 케이크에 비유하던 때가 있었다. 크리스마스 케이크는 12월 23일 밤부터 조금씩 상승 곡선을 그리다가 24일 밤에 판매량의 정점을 찍게 된다. 그런데 막상 25일이 되면 24일에 비해 판매량이 크게 오르진 못한다. 덤까지 얹어 마지막 물량을 모두 소진하고 나서 26일이 되면 크리스마스 케이크는 진열대에서 사라지고 만다. 뭐, 일부 가게에서는 'Merry Christmas' 장식을 'Happy New Year'로 바꿔치기해 31일 재판매하는 경우도 있겠지만, 그렇다 한들 달력의 마지막 장이 '31'임을 부정할 수는 없다. 한창 꽃다운 여자 나이는 스물네댓! 누가 처음 이런 표현을 썼는진 모르겠지만, 그에게 여자 나이 서른둘 이상은 정말 안중에도 없었나 보다.

나이는 숫자에 불과하다고들 하지만, 그 숫자가 연애나 결혼시장에서 여자의 가치를 좌우하는 지표로 작동하는 것이 냉정한 현실이다. 여성비하 발언이라고 발끈하는 이들이 있겠으나, 사실 조건 따지기로 치면 여자들도 마찬가지다. 우리가 스펙, 키, 머리숱, 경제력 등으로 남자를 평가하듯, 그들의 조건에 여자의 '나이와 출산 능력'이 있는 것뿐이다. 그래서 30대 중반을 넘어 40대까지 꽉 차오른 나이는 아무리 인생 좀 아는 연식녀니, 경제력 빵빵한 골드미스니, 사회에서 인정받는 알파걸이니 하는 그럴싸한 수식어를 붙여도 스물넷 크리스마스 케이크에 대적할 만한 절대병기가 되지 못한다.

실제로 남자들이 여자를 소개받을 때 꽤 괜찮은 조건임에도 나이가 많으면 단칼에 잘라 버리는 경우가 많다. 우리는 그들을 '어린여자만 좋아하는 속물적인 수컷' 정도로 치부하곤 하지만, 사실 그들은 어릴수록 건강한 2세를 출산할 확률이 높다는 걸 본능적으로 인지하고 있을 뿐이다. 그래서 나이 많은 여자에게는 아예 만남의 기회조차 오지 않는 것이다. 그런데도 여자들은 여전히 자신의 나이를 고려하지 않은 채 자신만의 기준으로 상대를 '고르려' 한다.

나이가 웬만큼 있는데 자기만의 조건이 너무 뚜렷한 여성들의 매칭은 솔직히 커플매니저인 내게도 어려운 작업이다. 여자들이 원하는 조건의 남자를 찾는 게 어려워서가 아니다. 상대 남자의 조건에

여자들에게 사랑과 연애는 나이와 상관없이
핑크빛 판타지의 대상인 경우가 많다.
그러나 남자에게는 사랑 그 이후,
자신의 2세를 만들어 주는 '생산'이 궁극적인 목적인지라
여자의 '자궁 나이'가 중요한 조건이 된다.

도 여자가 맞아야 하기 때문인데, 남자들의 조건은 상대적으로 심플하다. 대체로 '출산 능력이 있는지', '성격이 좋은지', 욕심 좀 낸다 싶어도 '얼굴은 그냥 평균 이상이면 고맙다' 정도다. 그런데 다른 조건이 다 맞아도 나이가 좀 있으면 남자 쪽에서 원하지 않아 매칭이 불발되는 경우가 많다. 여자가 원하는 조건에 충실한 남자를 찾았다 하더라도, 결국 나이 때문에 만남 자체가 이뤄지지 않는 케이스가 비일비재한 것이다.

이는 연애시장, 나아가 결혼시장에서 나이가 좀 있는 남자들은 여성의 출산 능력에 가장 큰 비중을 두기 때문이다. 여자들에게 사랑과 연애는 나이와 상관없이 핑크빛 판타지의 대상인 경우가 많다. 그러나 남자에게는 사랑 그 이후, 자신의 2세를 만들어 주는 '생산'이 궁극적인 목적인지라 여자의 '자궁 나이'가 중요한 조건이 된다. 남자들은 본능적으로 종족번식 욕구가 강하기 때문에 늦은 연애와 결혼에도 2세 문제를 심각하게 고려한다.

그동안 내가 상담해온 싱글남들을 보면 대부분이 30대 초반에는 한두 살 정도 어린 상대를, 30대 후반부터는 무조건 어린 여자를 선호한다. 적어도 35세 미만이라야 자신의 2세를 가질 수 있는 '건강한 자궁'을 갖고 있다고 생각하기 때문이다. 여자들은 선택 기준이 다양한 반면, 남자들의 선택 기준은 그야말로 심플하고 확고하다.

한 가지 분명히 해둘 것이 있다.
남자 입장에서 볼 때 자신은 더 이상
'가임기 여성이라는 프리미엄'이 없다는 사실을 인정하고,
아울러 자신에게 추가된 핸디캡만큼 남자의 핸디캡 하나쯤은
용납하려는 태도가 필요하다는 것이다. 불필요한 욕심의 무게를
덜어내면 그만큼 쿨하게 현실을 직시할 수 있고,
자신에게 맞는 상대를 찾을 수 있는 시야가 넓어지게 된다.

결론은 여자들이 아무리 좋은 남자를 만나려고 눈을 부릅뜨고 봐야 시간이 지날수록 그 확률은 점점 더 줄어들 수밖에 없다는 것이다. 괜찮은 남자들은 어린 여성을 선호하고, 따라서 '덜 괜찮은' 나머지 남자들 중에서 짝을 찾아야 하기 때문이다. 그래서 나는 일로나 개인적으로 만나는 20대에서 30대 초반의 싱글녀들에게 35세 이전에 결혼할 것을 강력히 권한다. 이왕이면 여자에게 충분한 선택권이 있을 때 그 권리를 행사하란 얘기다.

그렇다면 아직 그 선택권을 행사하지 못한 35세 이상의 싱글녀들은 어떻게 해야 할까? 아이만 포기할 수 있다면 천천히 연애하고 천천히 결혼해도 된다. 하지만 출산에 대한 생각이 있다면 30대를 넘기지 않기 위해 노력해야 한다. 40대라면 상황이 조금 더 달라질 수밖에 없다. 출산이라는 '여성만이 가질 수 있는 능력이자 특권'을 어느 정도 깔끔하게 포기하는 자세가 필요한 것이다.

물론 40대 싱글녀 중에는 이렇게 항변하는 이들도 있을 것이다. 어차피 아이 낳고 싶은 생각도 없었으니 포기하고 말고 할 것도 없다고 말이다. OK, 노 프라블럼이다. 단, 한 가지 분명히 해둘 것이 있다. 남자 입장에서 볼 때 자신은 더 이상 '가임기 여성이라는 프리미엄'이 없다는 사실을 인정하고, 아울러 자신에게 추가된 핸디캡만큼 남자의 핸디캡 하나쯤은 용납하려는 태도가 필요하다는 것이다. 불필요한 욕심의 무게를 덜어내면 그만큼 쿨하게 현실을 직시할 수 있고, 자신에게 맞는 상대를 찾을 수 있는 시야가 넓어지게 된다.

가야 할 때 가지 않으면 말이다,
가려 할 때는 갈 수가 없단다.

- 영화 〈세상에서 가장 빠른 인디언〉 중에서

연애를 초치는 주범은 욕심이다

앞서 살펴봤듯이 영화가 아닌 현실의 연애와 결혼에 있어서 나이는 숫자에 불과한 것이 '아니다'. 그렇다고 해서 꽉 찬 나이가 연애를 방해하는 절대적 요소라는 말은 아니다. 칠순 노인들도 당신에게 맞는 상대를 만나면 아름답게 즐기는 게 연애인데, 하물며 3545 싱글녀에게 무슨 문제가 되겠는가.

다만 한 가지 걸림돌이라면 나이와 욕심은 반비례해야 하건만 나이가 늘면서 욕심도 함께 늘어 간다는 것이다. 대부분의 싱글녀는 자신이 욕심이 과하다는 것을 깨닫지 못하거나 인정하지 않으며, 설령 인정한다고 해도 쉽사리 그 욕심을 덜어내지 못한다. 여기에는 한 가지 확실한 이유가 있다.

나름 능력 있고 한때 잘나가던 싱글녀가 느지막이 연애나 결혼

소식을 전하면 주변 사람들의 첫 번째 반응은 십중팔구 "그 남자 뭐 하는 사람이래?"다. 사람들은 자기 친구나 지인이 만나는 상대의 직업이 무엇이고, 어떤 능력의 소유자인지에 초집중한다. 그리고 둘 중 누가 아까운지 저울질하길 좋아한다. 그래서 많은 여자들이 자신이 정해놓은 기준에 미치지 못하는 남자라면 애초에 만남 자체를 거부하거나 주변의 반응을 살피고 눈치를 보다 상대를 놓쳐 버린다.

웬만큼 나이도 먹었는데 '남들 얘기가 뭐 그리 중요해?'라고 생각할 수도 있지만, 실제로 우리는 아직도, 아니 점점 더 남의 시선과 평가를 의식하고 민감하게 반응한다. 결혼식장에 함께 들어선 남자의 뒤통수에 대고 소곤대는 지인들의 평가에서 그 누구도 자유로울 순 없다. 적어도 여태까지 버텨온 자존심을 보상해줄, 최소한의 조건을 갖춘 남자여야 한다는 압박감이 해를 더할수록 강력해진다. 그러다 보니 욕심을 쉽게 내려놓을 수 없게 되고, 욕심에 맞는 사람을 찾으려니 연애가 쉽지 않아지고, 그렇게 악순환이 반복되는 것이다.

이 악순환의 고리를 끊기 위해서는 적어도 눈에 보이는 욕심을 채우려 해서는 안 된다. 사람의 욕심은 눈에 차면 찰수록 더 커지게 마련이다. 키가 컸으면 좋겠고, 키가 크니 옷도 잘 입었으면 좋겠고, 옷을 잘 입으니 이왕이면 옷에 어울리는 멋진 차를 탔으면 좋겠고,

결혼식장에 함께 들어선 남자의 뒤통수에 대고
소곤대는 지인들의 평가에서 그 누구도 자유로울 순 없다.
적어도 여태까지 버텨온 자존심을 보상해줄,
최소한의 조건을 갖춘 남자여야 한다는
압박감이 해를 더할수록 강력해진다.

멋진 차를 유지하려면 연봉도 높았으면 좋겠다……라는 식으로 욕심은 눈덩이처럼 제 몸을 불려간다. 가끔은 주변에 있는 남자들의 직업, 성격, 외모 등 각각의 장점만 쏙쏙 뽑아서 믹서기에 넣고 돌리면 얼마나 좋을까 하는 철없는 상상을 하기도 한다. 이런 상상 자체가 욕심이 커지고 있다는 증거다.

물론 구체적인 이상형을 정리해 보는 것은 자신에게 맞는 상대를 더 빨리 찾을 수 있는 좋은 방법이다. 하지만 구체적이다 못해 이것저것 별별 조건이 다 붙어 있는 '욕심 리스트'라면 곤란하다는 얘기다.

성공적인 연애를 보장해줄 특별한 법칙이나 공식 따윈 없다. 다만 연애에 찬물을 끼얹고 초를 치는 요소들을 찾아 제거하는 과정은 반드시 필요하다. 두둑한 나잇살처럼 늘어만 가는 욕심을 그대로 방치해선 안 된다. 불필요한 욕심, 특히 남자의 경제력이나 외모에만 집착하는 태도야말로 내 연애를 방해하는 주범이라는 걸 명심하자.

만약 '내 상대가 이런 사람이면 좋겠다'라는 욕심을 도저히 포기할 수 없다면, 그런 상대에게 어울리는 사람이 되도록 자신을 먼저 변화시켜 보자. 여행산문집 《바람이 분다 당신이 좋다》의 작가이기도 한 시인 이병률은 사랑에 관한 어느 강연에서 "사랑을 잘 기다리는 사람은 정신적·신체적으로 건강해야 합니다. 그 사람이 나를 봤을 때 실망하지 않을 상태라야 하지요"라고 말했다. 지금 어디선가 당신이 만나고 싶어 하는 그런 남자가 자신에게 어울리는 상대를 찾고 있을지도 모를 일이다. 그 사람이 나를 봤을 때 실망하지 않게 끔 노력하다 보면, 어느새 그의 곁으로 가 있을 수도 있고 그가 다 가와 있을지도 모른다.

사과를 따러 갔는데 따려고 하면 옆에 있는 사과가
더 커 보이고, 따려고 하면 더 큰 사과가 있는 것 같고……
결국은 하나도 못 따고 시간만 다 지나 버렸네.

- 영화 〈사랑을 놓치다〉 중에서

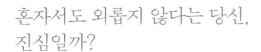

혼자서도 외롭지 않다는 당신,
진심일까?

가끔 친한 지인들과 얘기하면서 '나이 좀 있는 싱글녀'를 편하게 '나싱녀'라 부르곤 한다. 영어의 'nothing'과 발음이 비슷할뿐더러, 나싱녀의 특징은 'nothing'의 사전적 의미와도 상통하는 부분이 많다. 나이가 드니 친구들도 대부분 짝을 찾아 떠났고, 딱히 연애 상대라고 할 만한 남자도 없고, 그렇다고 두근두근 설레는 썸남도 없다. 나이는 있지만 남편은 없고, 열심히 일을 해서 커리어는 쌓았지만 무료한 일상에 외로움만 쌓일 때가 훨씬 더 많다. 특별히 중요한 것도, 흥미로운 것도 없고 좋은 사람, 편한 사람도 자의든 타의든 밀어내서 고요하고 적막하고 쓸쓸한 것이 '나싱녀'의 일상이다.

그런데 이런 일상을 오랫동안 지속하다 보면 곁에 아무도 없는 현실이 낯설거나 크게 불편하진 않다. 오히려 누군가와 일상을 공유한다는 것이 더 큰 혼란과 번잡함을 가져올 것만 같다. 그래서 외로우면 외로운 대로, 적막하면 적막한 대로, 쓸쓸하면 또 그런 대로, 무덤덤하게 하루하루를 보낸다.

그러다 보면 가끔 뜻하지 않은 상황에 불쑥 찾아오는 또 다른 형태의 외로움과 맞닥뜨리게 된다. 어제와 다름없는 하루건만 유난히 거슬리고 유독 쓸쓸한 날이 있다. 그런 외로움은 주기적으로 나타나거나 특별한 전조증상 후 나타나는 것도 아니다. 그야말로 불쑥, 밤도둑처럼 나타난다. 그래서 이런 외로움과의 조우가 싱글라이프를 100퍼센트 찬양하지 못하는 이유가 되기도 한다.

약속 없는 불금 저녁에 아무도 없는 캄캄한 집에 들어가 불을 켤 때, 햇살 좋은 토요일 오후에 멍하니 앉아 TV 채널만 오르락내리락 반복하고 있을 때, 휴대폰 주소록을 일일이 스캔해 봐도 딱히 연락할 만한 사람이 없을 때, 휴일 잠시 즐기려던 낮잠에서 깨어나 보니 어두컴컴한 밤, 침대에 덩그러니 누워 있는 나를 발견할 때…… 아무리 포장해도 우아함이나 고상함과는 거리가 먼 일상의 외로움은 허무함을 등에 지고 깊이깊이 밀려온다.

얼마 전 한 소셜데이팅 업체에서 싱글 남녀 1,910명을 대상으로 '외로울 때 생각나는 사람'을 조사한 결과, 여성 응답자의 47퍼센트가 '전 남자친구'를 생각한다고 했고, 남성 응답자의 43퍼센트는 '썸

녀'를, 21퍼센트만이 '전 여자친구'를 생각한다고 답했다. <세계일보>,
2015.4.8

　여자들은 익숙한 것을 좋아하고, 익숙지 않다면 일단 피하고 보
며, 피할 수 없다면 익숙해지려 애쓴다. 오랫동안 혼자 지내온 '나
싱녀'는 혼자인 게 익숙해서 둘인 것보다 혼자인 쪽을 선택한다. 외
로움은 사람으로 이겨내야 한다는 것을 알지만, 막상 외로움을 함
께 나눌 누군가를 만드는 것은 부담스럽고 불편하다. 결국 익숙했
던 과거의 남친을 그리워하는 '청승' 퍼포먼스로 상황을 종결시킨
다. 그리고 이런 외로움과 맞서 싸우길 포기한 채 그냥 외로움에 익
숙해지려 노력한다.

　어떻게 보면 '외로우니까 썸 타는 그 여자를 만나고 싶다'라고 생
각하는 단순한 남자들이 전 남친을 그리워하는 여자들보다 훨씬 더
현명하다. 남자는 어떻게든 외로움을 '해결'하려 하는 반면, 여자는
외로움을 '감당'하려 하는 것이다. 그런 상황이 반복되다 보면 외로
움을 견디는 내성이 생기게 되고, 그럴수록 외로움은 점점 더 강력
한 변종이 되어 치명적인 공격을 가해올 것이다. 그리고 일상 깊숙
이 파고들어 두텁게 자리 잡아버린 그 지독한 변종은 결코 새로운
사랑, 새로운 인연에 자리를 내주려 하지 않을 것이다.

　외로움에 익숙해지는 게 뭐가 나쁘냐고 항변하는 싱글녀도 있을

어제와 다름없는 하루건만 유난히 거슬리고
유독 쓸쓸한 날이 있다.
외로움은 주기적으로 나타나거나
특별한 전조증상 후 나타나는 것도 아니다.
그야말로 불쑥, 밤도둑처럼 나타난다.
그래서 이런 외로움과의 조우가
싱글라이프를 100퍼센트 찬양하지 못하는
이유가 되기도 한다.

것이다. 한때 뜨거웠던 커플들도 시간이 지나면 서로 익숙해지는 거랑 뭐가 다르냐고 말이다. 가만, 얼핏 들으면 맞는 말 같지만 결정적인 차이가 있다. 후자는 '관계'에 익숙해지는 것이고, 전자는 '상황'에 적응하는 것이란 점이다. 연인이나 부부 간의 익숙함이란 살아 있는 관계 속에서 치열하게 부딪치고, 싸우고, 고민하는 가운데 서로를 이해하고, 서로에게 맞춰 가면서 얻게 되는 결과물이다. 그러나 싱글녀가 외로움에 익숙해지는 것은 그 상황에 적응하는 것 외엔 달리 방법이 없기 때문이다.

결코 당신을 탓하려는 게 아니다. 단지 외로움과는 불가근불가원, 적당한 거리를 유지하라는 얘기다. 솔까말, 외로움은 익숙해질 순 있어도 편안해지긴 어려운 녀석이다. 헷갈리지 말자. 혼자 있는 게 편안한 것이지 외로움이 편안한 건 아니다. 인간은 외로움을 편안하게 받아들일 수 없도록 설계된 동물이기 때문이다.

더 이상은 싱글의 삶에 부속물처럼 따라붙는 외로움에 익숙해지려 하지 말고, 외로움과 거리를 둘 방법을 모색해 보자. 그 최선의 방법이 '사람'이라면, 과거에 머무르지 말고 새로운 사람을 만나서 대화든, 사랑이든, 외로움이든…… 뭐든 나눠보라. 곧, 새로운 날들이 시작될 것이다.

어떻게 보면 '외로우니까 썸 타는 그 여자를 만나고 싶다'라고
생각하는 단순한 남자들이 전 남친을 그리워하는
여자들보다 훨씬 더 현명하다.
남자는 어떻게든 외로움을 '해결'하려 하는 반면,
여자는 외로움을 '감당'하려 하는 것이다.

상대방 호의를 의심하는 나는
철벽녀인가?

　　홍보대행사 팀장인 Y는 업무상 프레젠테이션을 많이 하다 보니 주변의 시선이 집중되는 데 익숙하고, 또 그 시선을 즐길 줄도 아는 여자다. 성격도 활발하고 유쾌해서 진행하던 프로젝트가 끝나면 간간이 데이트 신청을 받기도 하는데, 일에는 지나치다 싶을 정도인 Y의 오픈마인드는 상대가 사적으로 접근하는 순간, 요란한 사이렌을 울리며 셔터가 차단된다.

'대체 무슨 꿍꿍이지?'

'나한테 이렇게까지 잘해주는 이유가 뭐지?'

'이상한 남자 아냐?'

이렇게 남자가 호의를 베풀면 일단 의심부터 품고 완벽한 방어 태세를 갖추는 여자들이 있다. 이른바 '철벽녀'다. 철벽녀는 여성으로서 충분한 매력을 갖추고 있어 남자들의 관심을 받기는 하나, 철의 장막을 치듯 스스로 연애를 차단하는 여자를 말한다.

이런 철벽녀들이 남자들의 접근을 원천봉쇄하는 데는 크게 세 가지 이유가 있다. 지금 연애하고 있지 않은 당신도 어쩌면 철벽녀일지 모른다. 아래 세 가지 중 당신에게 해당하는 상황은?물론 너무 말도 안 되는 상대라 정중하고 단호하게 거절하는 경우는 예외다.

첫째, 연애는 하고 싶지만 연애에 대한 환상이 너무 크고 자존감이 지나치게 높아 자신의 이상형에 미치지 못하는 남자들의 접근을 차단하는 경우다. 이런 경우는 대부분 도도함이 하늘을 찔러 남자에게 선택받는 일은 드물지만, 자신이 언제라도 맘만 먹으면 남자를 선택할 수 있다고 착각하기도 한다. 자존감이 적절하게 잘 형성된 사람은 자신을 소중히 여기는 만큼 다른 사람과도 긍정적인 관계를 유지할 수 있다. 하지만 자존감이 너무 높아서 나 말고 다른 사람을 '진심으로' 존중하지 못한다면 어떤 관계도 좋은 쪽으로 이끌어갈 수 없다.

둘째, 이와는 반대로 자존감이 극도로 낮아 철벽을 치는 경우다. 자존감이 낮은 사람은 다른 사람의 평가에 전전긍긍한다. 또 자신

을 인정하지 못하고 스스로를 질책하거나 자신의 결점에만 집중한다. 주로 나이에 대한 콤플렉스가 심하거나 자신은 여자로서 매력이 없다고 생각하는 탓에, 남자가 호감을 보이며 다가와도 그게 썸인지, 작업인지조차 캐치하지 못하는 경우가 대부분이다.

20대 한창 나이에는 남자의 낚시질에 걸리면서 '날 데려다 예쁜 어항에 넣고 잘 키워 주겠지?'라고 생각했다면, 나싱녀로 지낸 시간이 길어지면서 '왜 날 낚으려 하지? 매운탕 끓여 소주 안주로나 먹겠지?'라며 낚싯줄을 끊고 도망가는 격이다. 남자들의 호의나 호감, 데이트 신청을 즐겁게 받아들였던 20대와 달리 남자의 작업에 무조건 철벽부터 친다면, 자신은 더 이상 연애 상대로 매력이 없다고 스스로 인정해 버리는 것일지 모른다.

마지막은 나쁜 남자와의 연애 이후, 실패를 반복하는 게 두려워 사랑에 빠지는 것을 거부하는 경우다. 남자에게 받은 상처 때문에 모든 남자는 똑같을 거라고 의심부터 하고 본다. 얼핏 자존감이 낮은 경우와 비슷한 듯하지만, 원래부터 자존감이 낮다기보다는 연애의 트라우마로 인해 자존감이 낮아진 케이스라고 할 수 있다. 자신의 장단점을 잘 알고 있고 콧대도 높지만, 겉보기와 달리 '유리 멘털'의 소유자인지라 한 번의 상처로 자신감이 와르르 무너져 버린 것이다. 다시는 연애같이 비생산적인 일은 하지 않겠다고 다짐하고

이성이 다가올 때 아무것도 시작되지 않은 상황에서
미리 헤어짐을 예상해 방어 태세를 갖추는 것만큼
어리석은 일은 없다.
물론 지금 다가오는 남자가 정말 순수한 호감으로
나에게 잘해주는 것인지, 가벼운 찔러보기인지,
아니면 날 호구로 만들려는 속셈인지는
시작해 보지 않으면 절대 알 수 없다.

새로운 취미활동, 재테크, 커리어에만 올인한다. 그리고 이만하면 연애 없는 삶도 괜찮다며 애써 포장한다.

세 가지 경우가 각기 다른 것 같지만 공통점은 자존감의 문제에서 비롯된다는 것이다. 자존감이 '너무' 높으면 자만에 가까워지고, 이성을 포함한 타인과의 건강한 소통이 점점 더 어려워진다. 이 상태가 지속된다면 자신이 친 철벽이 아니라 다른 사람들이 자신을 향해 두른 철벽에 갇혀버릴 수도 있다. 반대로 자존감이 너무 낮은 경우는 자신을 이해하는 것부터 시작해야 한다. 비교 우위, 즉 연애나 결혼 '시장'에서 자신의 가치나 경쟁력을 가늠하는 것이 아니라 있는 그대로의 자기 자신을 바라보고, 이해하고, 사랑하는 법을 배워가야 한다. 연애의 상처로 인해 자존감이 낮아진 경우도 마찬가지다. 세상 남자 다 만나본 것도 아니면서 지레 슬픈 예감에 철벽을 칠 필요는 없다. 오히려 지난 연애를 철저히 복기하며 자신의 남자 보는 눈이나 연애 패턴에 어떤 문제가 있는지 진단해 보는 것이 먼저다.

예전에는 안 그랬지만 어느 순간부터 사진 찍기를 극도로 싫어하는 사람들이 있다. 자연스럽게 나이 드는 모습을 애써 외면하려는 것이다. 그러다 어느 날 문득 마주한 자신의 모습에 화들짝 놀라거나 급격한 우울감을 맛보기도 한다. 매일매일 시간과 공존하는 자신의 모습에 익숙해져야 한다. 자신의 모습을 정면으로 바라보며 "이만하면 꽤 괜찮지?"라고 말해보자. 또 샤워를 한 뒤 항상 거울 보는 습관을 들이고, 수시로 셀카를 찍어 자신의 모습에 집중해 보는 것도 좋다.

자기 자신을 사랑할 줄 알게 되면 다른 사람이 자신에게 베푸는 호의를 기꺼이 즐겁게 받아들일 수 있다. 이성이 다가올 때 아무것도 시작되지 않은 상황에서 미리 헤어짐을 예상해 방어 태세를 갖추는 것만큼 어리석은 일은 없다. 물론 지금 다가오는 남자가 정말 순수한 호감으로 나에게 잘해주는 것인지, 가벼운 찔러보기인지, 아니면 날 호구로 만들려는 속셈인지는 시작해 보지 않으면 절대 알 수 없다. 그러니 무조건 철벽을 치고 방어할 필요는 없다. 어떤 스포츠 경기에서도 방어만으로 승리하는 경우는 없다. 적절한 공격과 환상적인 수비가 조화를 이뤄야 성공적인 결과를 얻을 수 있는 것이다.

싱글이면 가산점이 있을 줄 알았다

학교 후배인 K는 외모, 직업, 성격…… 뭐 하나 빠질 것 없는 골드미스다. 콧대 높기로 지인들 사이에서도 유명했던 그녀가 한 선배의 소개로 와인 동호회에 가입한 것은 3개월 전의 일이다. 검증된 싱글남들이 많다는 선배의 귀띔이 그녀를 움직이게 했고, 정모에 참석한 그녀는 꽤 괜찮은 연애 상대를 만날 것 같은 예감에 그 뒤로도 모임에 성실히 참여했다.

참석하는 여자들 대부분이 기혼자라 마흔한 살의 싱글녀 K는 모임에서 늘 주목의 대상이었다. 그렇게 몇 번의 모임을 갖는 동안 K는 돌싱남 L과 싱글남 P를 점찍어 뒀고, 나름 공들여 가며 티 안 나게 저울질도 했다. 그런데 얼마 전, 이 두 남자가 돌싱녀 S에게 동시에 프러포즈를 했다는 충격적인 뉴스를 접했다. 돌싱녀 S는 늘 구석자리에 앉아 옆사람들하고만 조곤조곤 얘기를 나누거나 묘한 웃음만 흘리는 여자였다. 무엇보다 40대 중반의 돌싱녀라 K의 경쟁 상대 리스트에는 아예 오르지도 못했던 여자다. K는 그 후 와인 동호회 활동을 완전히 접었다고 했다.

"싱글인 나를 두고! 그 여자는 저보다 나이도 많고, 한 번 다녀왔 잖아요. 근데 두 명이 동시에…… 이해가 되세요?"

커플매니저인 나는 이해가 백 번 되고도 남는다. 기혼자가 많은 모임에 싱글이 참석하면 주목을 받게 되는 것이 당연하다. 하지만 그 주목도가 반드시 인기의 척도는 아니란 걸 K는 모르고 있었던 것이다. K뿐만이 아니다. 그걸 깨닫지 못한 수많은 싱글녀들이 아직 도 기혼자들이 많은 모임에서 '유아독존'이라는 착각에 빠져 콧대 높게 행동한다. 그러다 괜찮은 남자들을 눈앞에서 놓치고는 모두 K와 같은 반응을 보이며 황당해한다.

구성원 대부분이 40대인 모임에 20대 후반이나 30대 초반의 싱 글녀가 등장한다면 모를까, 비슷한 연령대의 여자를 단지 '싱글'이 라는 이유만으로 후한 점수를 주고 대우해 주진 않는다. 오히려 나 이 서른 후반이 넘어서도 혼자라는 것은 매력이 없거나, 성격적으 로 결함이 있거나, 일에만 빠져 있거나, 콧대가 엄청나게 높을 거라 는 등 자기들 멋대로 판단하거나 색안경을 끼고 보는 경우가 많다.

여자라면 여성스럽고 편안한 매력이
느껴져야 한다고 생각하는 게
일반적인 대한민국 남자들의 생각이다.

분명한 것은 선택의 기준이
'성격 좋고 매력적인 사람'이지
'결혼 안 해본 싱글'은 아니라는 점이다.
나이를 불문하고 싱글이면
일단 어디 가서든 먹힐 줄 알겠지만
뜻밖에도 골드미스의 가산점은 '제로'다.

이런저런 상황을 다 떠나서 남자들에겐 콧대 높고 도도해 접근조차 어려운 나이 든 여자보다 한창 예쁠 때 결혼해서 이혼의 아픔을 겪고 쿨하게 싱글로 복귀한 여자가 더 매력적으로 보일 수 있다. 그리고 결혼 적령기를 넘긴 남자들은 모임을 주도하는 활발하고 리더십 강한 여자가 오히려 부담스러울 수도 있다. 여자라면 여성스럽고 편안한 매력이 느껴져야 한다고 생각하는 게 일반적인 대한민국 남자들의 생각이다. 더욱이 돌싱남들은 오히려 미혼 여성보다 돌싱녀가 서로의 생활이나 처지에 대해 이해하고 공감하는 부분이 많아 쉽게 가까워질 수 있다고 생각한다. 실제로도 그런 케이스끼리 연애해서 재혼하는 비율이 훨씬 더 높다.

남자들이 전자제품, 카메라, 자동차 등을 고를 때 신중을 기하는 기준으로 '가성비'라는 것이 있다. 가격 대비 성능, 즉 가격과 비교할 때 성능이 어느 정도인가를 제품 선택의 기준으로 삼는 것을 말한다. 저렴하면서도 좋은 물건은 흔하지 않다. 그렇기 때문에 비슷한 가격일 경우에는 성능을 비교하게 되고, 성능이 비슷할 때는 가격을 따져 고르게 된다. 하지만 저렴한 가격 때문에 성능이 별로인 제품을 구매하는 경우는 거의 없다.

물론 물건을 고르는 것과 연애 상대를 고르는 일에 똑같은 기준을 적용할 순 없다. 하지만 남자들의 선택 성향을 무시할 수만도 없다. 단순하게 마음이 끌리고 느낌이 좋은 사람을 선택하는 경우라면 얘기가 다르지만, 만약 비슷한 조건에서 선택한다면 어김없이 가성비 기준을 떠올리는 게 남자들이기 때문이다.

예를 들어 나이도 어리고 사람도 매력적이라면 최고의 조건이겠지만, 이런 사람이 흔치 않다면 비슷한 연령대에선 당연히 매력적이고 성격 좋은 사람을 선택하게 된다는 것이다. 분명한 것은 선택의 기준이 '성격 좋고 매력적인 사람'이지 '결혼 안 해본 싱글'은 아니라는 점이다. 나이를 불문하고 싱글이면 일단 어디 가서든 먹힐 줄 알겠지만 뜻밖에도 골드미스의 가산점은 '제로'다.

한 가지 더 보태자면, TV에서 '남자들은 예쁜 여자면 무조건 OK다'라는 상황을 개그 소재로 자주 다루곤 하지만, 실제는 전혀 다르다는 점이다. 막상 평생을 자신과 함께할 수도 있는 연애 상대를 고를 때 어떤 어리석은 남자가 외모만으로 선택을 할까? 물론 같은 값이면 다홍치마라고 '예쁘면 고맙다'는 조건이 붙긴 하지만, 결코 외모만으로 상대를 선택하진 않는다. 그러니 외모 좀 되고 아직 미혼이라고 해서 절대 우위에 있는 것은 아니란 얘기다. 3545 싱글녀 중에 외모도 되고 결혼 경험이 없는 여자들은 얼마든지 있다. 그들과 경쟁해야 하는 것은 물론이고, 이제는 돌아온 싱글들과도 경쟁해야 하는 것이 나싱녀들의 숙명이다.

영화에서 보면 주연 여배우가 있고,
옆에는 친한 친구가 있게 마련이잖소.
당신은 확실히 주연 여배우 감이오.
하지만 지금은 조연인 친구 역할처럼 행동하고 있어요.

- 영화 〈로맨틱 홀리데이〉 중에서

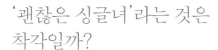

'괜찮은 싱글녀'라는 것은
착각일까?

대한민국 커플매니저 1호로 활동하면서 수없이 많은 싱글녀를 만나왔다. 상담을 하러 온 여성들뿐만 아니라 지인 중에서도 꽤 괜찮은 3545 싱글녀를 쉽게 찾을 수 있다. 사실 가벼운 대화만 나눠보고 그들이 왜 연애를 못하고 있는지 꿰뚫어 보기란 쉽지 않다. 개중에는 연애를 못한다고 단정하기보다 안 한다는 가정을 먼저 내놓게 만드는 매력녀도 상당수 있다.

20년 경력의 커플매니저인 나조차 심도 있는 대화를 통해서만 파악할 수 있는 그녀들의 문제를 일반인들이 알아차리기란 쉽지 않다. 싱글녀들끼리 모이면 으레 자신들 주변에는 괜찮은 싱글녀는 많은데 괜찮은 싱글남은 전멸했다며 한탄하기 일쑤다. 괜찮은 남자들은 30대 초중반에 집중적으로 품절됐고, 30대 중반을 넘어 40대로 접어들면서 우리가 흔히 말하는 괜찮은 남자들은 연예인 아니면 친구의 남편, 아니면 새파란 후배가 만나고 있는 넘볼 수 없는 남자들이라고 하소연한다. 그리고 나머지 괜찮은 남자들은 종적을 감췄다고 결론 내린다.

사실 나 역시 이런 얘기에 공감하는 편이었다. 그런데 얼마 전 한 포털사이트의 연애 게시판에 올라온 남자 회원의 글에 수많은 공감 댓글이 달린 것을 보았다. 글을 읽어보니 남자들도 여자들과 비슷한 생각을 갖고 있으며, 그들 역시 괜찮은 여자는 이미 품절됐다고 생각한다는 것이었다.

"괜찮은 여자들은 거의 다 품절이고, 여자 나이가 30대를 넘어가면 외모가 괜찮으면 내면이 별로고, 내면이 괜찮으면 외모가 별로예요. 여기에서 더 나이가 들면 그땐 남자들이 외모는 포기합니다. 이제는 매력을 찾는 거죠, 애써. 그런데 나이 든 여자들은 성격이 쥐약이고, 성격이 좋으면 남자 형제 같거나 외모가 진짜 봐줄 수 없는 지경이에요. 둘 다 괜찮은 여자는 28세 전후로 품절됐다고 봅니다. 절망적이죠."

다소 거칠고 극단적으로 표현하긴 했지만, 그만큼 남자들도 나

이 들면 괜찮은 여자를 찾기 어렵다는 사실을 하소연하고 있는 것이다. 남자의 주장은 얼핏 보면 외모도 괜찮고 내면도 괜찮은 30세 이전의 여자를 원하고 있는 것 같다. 하지만 나이가 좀 있는 연식남은 적당히 매력적이고, 원만한 성격에 여성미를 갖춘 여자면 된다고 생각한다는 것이다. 그냥 무조건 어리고 예쁜 여자를 만날 수 있는 나이가 지났다는 걸 그들도 알고 있다.

그렇다면 꽤 괜찮은 싱글녀라 자부했던 당신은 나이를 접어두고 어떤 장점을 내세울 수 있겠는가? 남자를 편안하게 해줄 준비가 됐는가? 남자를 피곤하게 하지 않고 대접해줄 수 있는 이해심을 가졌는가? 자신을 가꾸고 단련해 나이에 비해 썩 괜찮은 외모를 유지하고 있는가? 객관적으로 여성적인 매력을 충분히 지녔는가?

당신 주변의 여자들이 '괜찮은 싱글녀'라고 인정하는 것은 아무 짝에도 소용이 없다. 그녀들이 아무리 입을 모아 찬사를 보낸들 멋진 애인이 생기진 않는다. 단 한 명이라도 괜찮은 남자가 탐내는 여자가 돼야 한다.

사실 남자들은 누가 봐도 괜찮고 매력적인 여자를 원하는 것이 아니다. 오히려 남자들은 사회적 지위를 비롯한 객관적 조건이 자기보다 조금 처지는 여자를 선호하는 경향이 있다. 남성 최고의 판타지, 그 근원에는 뭔가 거창한 욕망이 있는 게 아니다. 여성스러운

당신 주변의 여자들이 '괜찮은 싱글녀'라고 인정하는 것은
아무짝에도 소용이 없다. 그녀들이 아무리 입을 모아
찬사를 보낸들 멋진 애인이 생기진 않는다.
단 한 명이라도 괜찮은 남자가 탐내는 여자가 돼야 한다.

여자에게 남자로서 존중받고 대접받고 싶어 하는 것뿐이다. 시시콜콜 맞는 말만 하고, 남자를 컨트롤하려 드는 똑똑하고 피곤한 여자는 절대 사양이다.

어쩌면 그동안 여자들끼리 괜찮다고 치켜세웠던 여자, 그 이면에는 무의식적으로 여자들이 기대하는 남성상이 투영돼 있었는지도 모른다. 3545 싱글녀들이 같은 여자를 평가하는 항목의 1~3위에 과연 '상냥하다', '잘 웃는다', '배려심이 많다' 같은 항목이 있을까? 그보다는 '능력 있다', '자기관리를 잘한다', '사람이 꼬인 데가 없다' 등등, 남자를 볼 때 중요하게 생각하는 요소가 중요한 평가 기준으로 작용하고 있진 않은가? 정글 같은 사회에서 그 나이까지 여자 혼자힘으로 살아남고, 자리를 잡는다는 게 얼마나 힘든 일인지 같은 여자로서 너무나 잘 알기에 더 대단해 보이고, 높이 평가하게 된다.

문제는 남자들이 볼 때 그런 여자들은 그냥 똑똑하고 피곤한 드센 여자, 혹은 괜찮은 사람이지만 여자로 느껴지지 않는 '무성無性의 동료' 같은 존재라는 것이다. 실제로 그런지 아닌지는 중요하지 않다. 그렇게 보였기 때문에 남자들이 접근하지 않은 것이니까. 연애든 결혼이든 내 마음이 내키지 않아서 안 하는 거면 몰라도, 내가 남자들이 꺼리는 타입이라 주변에 꼬이지조차 않는 거라면 얼마나 자존심 상하는 일인가.

나이가 꽤 있는데도 괜찮은 남자를 꿰찬 여자가 주변에 있다면 그들을 유심히 관찰해 보라. 분명히 한 가지 필살기는 있을 것이다. 당신에게 그런 필살기가 없다는 게 가장 큰 문제다. 나이와 타고난 외모에 연연하지 마라. 당신의 문제를 굳이 그것들에서 찾으려 하지 말고, 표정이든 대화법이든 다른 문제점은 없는지 찬찬히 돌아보고, 주변의 가까운 사람들에게 물어서라도 객관적으로 파악하기 위해 노력해 보라. 외형적인 것 말고, 남자의 낚시질에 걸리지 못하는 치명적 단점은 없는지 진지하게 돌아볼 때다.

남자들이 괜찮은 여자는 28세 이전에 모두 품절됐다고 생각하는 허점을 노리면 된다. 정말 보기 드물게 매력적인 싱글녀가 되기 위해 지금까지의 독립적이고 전투적인 모습을 벗어 버리자. "아, 내가 그거 다 해봐서 아는데, 그거 안 돼~!"라며 아는 척하고 나서기 좋아하던 버릇들도 던져 버리자. 무시당하지 않기 위해 꼬치꼬치 따지고 더 강하게 보이려 했던 모습들도 이제 그만 내려놓자. 사회라는 전쟁터에서 살아남기 위해 서른 이후 한 번도 벗지 않았던 무거운 갑옷을 벗는 순간, 오랫동안 당신 스스로를 옥죄어온 무게감과 압박으로부터 해방될 것이다. 가끔은 남자에게 기대면 뭐 어떤가? 남자를 받아주고 편안하게 해주고 존중해 준다고 해서 남자가 '슈퍼 갑'이 되고 내가 '슈퍼 을'이 되는 것은 아니다.

늘 강하고 독립적인 여자가 되어야 한다는
압박을 받아왔고 남자한테 인생을 맡기는 것처럼
안 보이려고 애썼어요.
누군가를 사랑하고 사랑받는다는 건,
나한테 아주 큰 의미예요.

- 영화 〈비포 선라이즈〉 중에서

당신의 연애 판타지는
20대에 이미 끝났다

북미 및 전 세계 56개국 박스오피스 1위, 유튜브 예고편 최단 시간 1억 뷰 달성, 북미 오프닝 첫날 3,000만 달러^{한화 약 327억 원} 수익, 전 세계적으로 5억 2,774만 달러^{한화 약 5,890억 원}의 극장 수익 달성.

세계적인 흥행을 기록한 영화 〈그레이의 50가지 그림자〉가 세운 기록들이다. 우리나라에서는 취향 저격의 실패로 큰 흥행을 기록하진 못했지만, 전 세계적으로 신드롬을 일으킨 것은 사실이다. 뻔하디뻔한 억만장자와의 치명적 관계를 그린 영화가 단순히 자극적인 설정만으로 흥행의 역사를 새로 쓰기는 힘들었을 것이다. 그 단순하고 자극적인 설정 뒤에는 여자들의 판타지와 적절하게 맞물리는 뭔가가 있었다는 얘기다.

가슴 찌릿한 연애 경험 한 번 없는 사회 초년생에게 억만장자에

다 남성적 매력으로 철갑을 두른 백마 탄 왕자님이 나타났다. 그 사실만으로도 이미 여자들의 판타지는 시작된다. 너무도 평범한 그녀에게 왕자님은 무심한 듯 관심을 내비치더니, 어마어마한 재력을 동원해 현실에서 여자가 경험할 수 없는 신세계를 보여준다. 어느 날 불쑥 찾아와 호감을 표시하고, 그녀에게 질투하는 모습을 보이고, 전용 헬기로 시애틀의 밤하늘을 날아 로맨틱 판타지의 마침표를 찍어준다. 거기에 쉽게 공감은 안 되지만 위험수위를 넘나드는 섹슈얼 판타지까지 건드리며 '여자들을 위한 포르노'라는 자극적 마케팅을 통해 전 세계 흥행 대박을 터뜨린 것이다.

현실에서는 이뤄지기 힘든, 사람 마음을 들었다 놨다 하는 러브 스토리에 대한 로망은 여자라면 누구나 품고 있다. 물론 영화나 드라마를 통해 대리만족을 하는 경우가 대부분이지만, 현실에서도 남몰래 판타지를 키우며 살고 있는 것이다. 시공간을 초월해 사랑을 나누고, 긴 외로움의 끝에 옛 남친이 근사한 모습으로 나타나 10년을 하루같이 나를 그리워했다며 달콤한 키스를 선사하고, 버튼만 누르면 인생이 리플레이되는 것만이 판타지는 아니다. 실제로 현실에서 우리가 꿈꾸는 소박한 판타지는 이런 것일지도 모른다.

언제부턴가 같은 오피스텔에 사는 썩 괜찮은 남자와 엘리베이터에서 자주 마주치게 되고, 몇 번의 눈빛 교환 후 그의 데이트 신청,

3545 싱글녀의 연애는 총천연색 판타지가 아니라
한지에 먹물이 배듯 조용히 물들어 가는 것이다.
그들의 연애는 어느 날 갑자기 맞이하는 신세계가 아니라
일상 속에 찾아오는 편안함일 것이고,
심장이 터질 듯한 떨림이 아니라
가슴 깊이 느껴지는 울림일 것이다.

둘은 금요일 밤 영화를 보고 함께 저녁을 먹으며 와인 한잔, 이후 달콤하고 끈적한 하룻밤을 보낸 뒤 자연스럽게 연인 사이로 발전한다.

이 글을 보고 픽 실소를 터트린다면 당신은 다행히도 아직 현실 감각을 잃지 않은 것이다. 실제로 이런 일이 일어날 가능성은 제로에 가깝다. 현실에서 일어날 법하지만 결코 일어나지 않는 모든 로맨틱한 상상이 판타지이기 때문이다. 엘리베이터에서의 갑작스러운 프러포즈는 이미 20대에 일어났어야 할 일이고, 30대에는 그와 '찐한' 연애를 하고, 지금은 결혼해서 아이 한둘은 낳았어야 한다.

그런데 지금에 와서 이 일련의 과정을 모두 거쳐야 연애의 완성이라고 생각하는 것 자체가 판타지다. 3545 싱글녀는 이런 판타지 속에서 허우적거릴 여유가 없다. 이따위 가능성 없는 망상에 1분도 낭비해선 안 된다. 때로는 과감하게 진도부터 급하게 빼야 한다. 영화나 드라마에서처럼 우연이 거듭된 만남 끝에 심쿵 달달한 데이트를 즐기며 서로에게 미칠 듯이 빠져들어야만 연애가 완성되는 것은 아니란 얘기다.

3545 싱글녀의 연애는 총천연색 판타지가 아니라 한지에 먹물이 배듯 조용히 물들어 가는 것이다. 그들의 연애는 어느 날 갑자기 맞이하는 신세계가 아니라 일상 속에 찾아오는 편안함일 것이고, 심

장이 터질 듯한 떨림이 아니라 가슴 깊이 느껴지는 울림일 것이다. 잡아먹을 기세로 활활 타오르는 캠프파이어가 아니라 오래오래 천천히 타오를 촛불 같은 것이며, 거칠게 몰아치는 파도가 아니라 잔잔히 밀려오는 물결 같은 것이다. 더 이상 방황할 필요 없이 늘 내 편이 돼줄 누군가와 함께한다는 것, 그것만으로 연애의 의미는 충분하다. 판타지가 현실 속에 습관처럼 등장하게 되면 오히려 눈앞에 사랑의 기회가 다가와도 자꾸만 한 발씩 빼고 있는 자신을 발견하게 될 것이다.

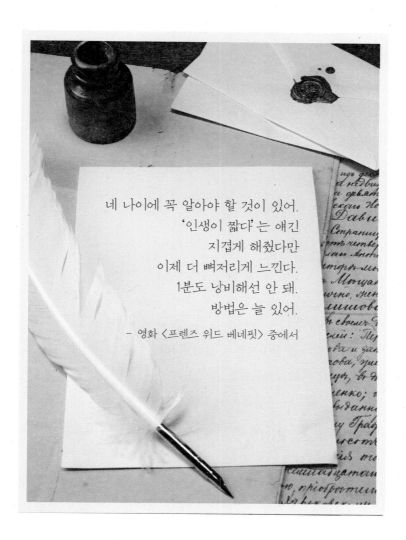

네 나이에 꼭 알아야 할 것이 있어.
'인생이 짧다'는 얘긴
지겹게 해줬다만
이제 더 뼈저리게 느낀다.
1분도 낭비해선 안 돼.
방법은 늘 있어.

    - 영화 〈프렌즈 위드 베네핏〉 중에서

네, (그 정도면)
당신 눈 높은 게 맞습니다!

"이상형이 어떤 사람인가요?"
"전 특별히 이상형은 없어요. 그냥 노멀normal 한 남자면 되죠."

커플매니저인 나를 찾아오는 사람들은 먼저 '매칭 폼matching form'
이라는 회원 가입 신청서를 작성하게 된다. 기본적인 인적 사항 외
에 경제력과 학력, 가족 사항, 자기소개 등 상세한 내용을 기록하게
돼 있다. 그 내용이 어찌나 디테일한지, 몇십 년을 살아오는 동안 자
신에 대해 이렇게까지 곰곰이 생각해본 적이 없다며 모두들 흥미로
워한다.

이 모든 것이 남녀 회원 간 만남을 주선하기 위해 유용하게 쓰일
정보들인데, 그중 가장 중요한 것은 희망 상대에 관한 정보다. 말 그

대로 자신이 만나고 싶은 상대의 스펙을 꼼꼼하게 기입하는 것이다. 추후에 이 정보를 바탕으로 서로에게 맞는 상대를 골라 추천하고 만남을 추진하게 된다. 그런데 막상 상담을 진행해 보면 대부분의 여자들이 두루두루 원만한 남자였으면 좋겠다고 말한다. 특별한 이상형도 없고, 그저 평범한 남자면 된다고 말이다. 하지만 그 말 속에 얼마나 많은 요구 조건들이 포함돼 있는지 정작 본인 스스로도 모를 때가 많다.

홈쇼핑 특가 찬스 때는 블랙 컬러가 매진 1순위다. 제일 기본적이고 노멀한 컬러라 업체 측에서 가장 많은 수량을 준비했을 텐데도, 쇼핑호스트가 맨 먼저 '매진 임박'이라며 호들갑을 떠는 건 항상 블랙 컬러다. 전화기를 들고 우물쭈물하는 사이, 어김없이 블랙 컬러가 품절돼 버린다. 평범한 남자도 마찬가지다. 마치 블랙 컬러의 구두, 백, 재킷처럼, 노멀한 남자는 여자들이 가장 부담 없이 초이스할 수 있는 이상형인 것이다.

20대와 30대 초반까지만 해도 이런 평범한 남자를 과연 내 남자로 픽해야 하나, 말아야 하나 망설였을 것이다. 그러다 보니 주변에 있던 노멀한 남자들은 하나둘 짝을 찾아 떠나 버렸다. 남은 남자는 소화하기 다소 부담스럽거나, 나에게 맞지 않거나, 너무 튀거나, 줘도 안 갖게 생긴 스타일이다.

이제 '웬만하다'고 말할 수 있는 괜찮은 남자는 거의 품절됐다고 보면 된다. 그런데도 아직 노멀한 남자의 위대함을 모른 채, 이상형 은 없지만 '그냥' 노멀한 남자면 '된다'고 생각한다면 세상 물정을 몰라도 한참 모르는 여자다. 생각해 보라. 외모도 무난하고, 스펙도 보통이고, 성격도 적당하다는 건, 바꿔 말하면 어디 하나 흠잡을 데 가 없다는 얘기다. 누구나 특별히 싫어할 만한 구석이 없는 남자가 이상형이라면 눈이 높은 게 맞다.

이런 남자라면 100명 중 90명은 이미 남의 짝이 돼 있다. 남아 있 는 10명의 괜찮은 남자를 차지하기 위해 비슷한 연배의 나싱녀는 물론이고 어린 여자, 돌싱까지 그야말로 '박 터지게' 싸우는 수밖에 없다. 그 와중에 도도하게 콧대를 세우다 미처 눈에 안 들어올 수도 있고, 철벽을 치다 돌려세울 수도 있고, 욕심을 부리다 또 한 명이 품절될 수도 있다.

예전에 한 토크쇼에 성형외과 원장과 함께 출연한 적이 있다. 그 때 "성형에서 가장 중요한 것이 무엇일 것 같습니까?"라는 원장의 질문에, 모든 출연자들이 자신에게 맞는 수술 방법 선택과 의사의 기술을 꼽았다. 그런데 의사는 뜻밖에 '충분한 상담'이라고 대답했 다. 그래서 자신의 병원에서는 상담실장보다 원장인 본인이 훨씬 더 긴 시간을 환자와의 상담에 할애한다고 했다. 원하는 것이 뭔지,

홈쇼핑 특가 찬스 때는 블랙 컬러가 매진 1순위다.
제일 기본적이고 노멀한 컬러라 업체 측에서
가장 많은 수량을 준비했을 텐데도,
쇼핑호스트가 맨 먼저 '매진 임박'이라며
호들갑을 떠는 건 항상 블랙 컬러다.
전화기를 들고 우물쭈물하는 사이,
어김없이 블랙 컬러가 품절돼 버린다.
평범한 남자도 마찬가지다. 마치 블랙 컬러의 구두,
백, 재킷처럼, 노멀한 남자는 여자들이
가장 부담 없이 초이스할 수 있는 이상형인 것이다.

어떻게 바꾸고 싶은지, 이런 수술법으로 했을 땐 무엇이 문제이고 다른 방법의 장단점은 무엇인지 등 여러 가지 상황, 결과, 목표치에 대해 구체적으로 얘기한다는 것이다. 그렇게 대화를 나누다 보면 환자와 의료진 사이에 자연스럽게 신뢰가 생길뿐더러, 비슷한 결과를 미리 인지하고 있기 때문에 결과에 대한 만족도가 훨씬 높아진다고도 했다.

자신이 원하는 이상형에 대해 자기 자신과 깊고 진지하게 대화를 나눠본 적이 있는가? 앞서 언급했지만 대부분의 싱글녀들에게 이상형을 물어보면 "글쎄요"라거나 "특별한 이상형은 없는데요"라고 답하는 경우가 많다. 혹은 "코드가 맞았으면 좋겠다"라든지 "세계관이 일치해야 한다"라고 대답하는 경우도 종종 있다.

물론 생각, 취미, 식성, 기타 취향 등이 일치하면 좋겠지만 그런 것이라면 서로 얼마든지 맞춰갈 수 있다. 세계관도 마찬가지다. 두 사람이 사랑하고 연애하고 결혼하는 데 있어 왜 꼭 세계관이 맞아야 할까? 세상을 보는 시각은 사람마다 다를 수 있고, 다른 게 정상이다. 무조건 자신과 반대되는 사람을 배척할 필요도 없고, 근본적인 생각이 달라서 마찰을 빚는다면 민감한 주제를 피해가는 지혜도 필요하다. 정치적 성향이 맞는 사람을 찾는 것보다는 차라리 각자 다른 정치적 입장을 가지고 있어도 그걸 표현할 수 있고 자유롭게 의견을 나눌 수 있는 성숙한 사람을 찾는 게 훨씬 더 이상적이다. 사실 세계관이나 정치적 성향이 달라서 헤어지거나 이혼하는 커플은 그리 많지 않다. 남녀 관계에 관한 한, 이상형의 조건으로 꼽을 만큼 중요한 문제가 아니라는 얘기다.

무엇이 됐든 좋으니 지금 당장 구체적인 이상형 리스트를 뽑아보자. 구체적으로 리스트를 뽑다 보면 내가 어떤 사람을 원하는지, 어떤 관계를 원하는지, 연애를 어렵게 만드는 이유가 무엇인지가 그 안에 모두 들어 있을 것이다. 리스트를 작성한 다음에는 절대로 포기할 수 없는 것만 남겨두고 과감하게 절반을 지워 버려라. 특히 앞에서 말한 취향이나 성향, 외모는 그리 중요한 조건이 아니다. 우리는 나이를 먹을수록 점점 더 괜찮은 남자를 보는 눈이 생긴다. 눈은 점점 높아지는데 남아 있는 남자들의 상태는 점점 안 좋아진다. 그러니 연애가 쉽지 않은 것이다.

더 이상 조건과 느낌을 모두 만족시키는 남편감을 찾으려 욕심부려선 안 된다. 해가 거듭될수록 당신이 만나는 남자의 퀄리티는 점점 더 떨어질 것이고, 그 퀄리티마저 꾸준히 유지되리라 장담할 수도 없다. 또한 그나마 남아 있는 50~60점짜리 남편감을 두고 수많은 나싱녀들끼리 경쟁해야 하는 최악의 상황과 마주하게 될지 모른다.

조건이 맞으면 느낌이 안 맞고, 느낌이 맞으면 조건이 안 맞게 돼 있다. 이때 어느 한쪽을 포기해야 할지 결정하는 것은 당신의 몫이다. 이것도, 저것도, 두루두루 괜찮은 남자는 좀 더 어렸을 때 골랐어야 했다. 냉정하게 들리겠지만 두루두루 괜찮은 남자는 이미 남의 것이 돼 있고, 두루두루 평범하고 무난한 노멀남은 이제 판타지일 뿐이다.

이제 '웬만하다'고 말할 수 있는 괜찮은 남자는
거의 품절됐다고 보면 된다.
그런데도 아직 노멀한 남자의 위대함을 모른 채,
이상형은 없지만 '그냥' 노멀한 남자면 '된다'고
생각한다면 세상 물정을 몰라도 한참 모르는 여자다.
생각해 보라. 외모도 무난하고, 스펙도 보통이고,
성격도 적당하다는 건, 바꿔 말하면
어디 하나 흠잡을 데가 없다는 얘기다.
누구나 특별히 싫어할 만한 구석이 없는 남자가
이상형이라면 눈이 높은 게 맞다.

누구라도
호구가 되고 싶은 남자는 없다

내가 커플매니저 일을 시작한 20년 전에는 물론이고 불과 몇 년 전까지만 해도, 남성 회원들이 모든 데이트 비용을 지불하고 간단한 선물이나 꽃 등으로 여자에게 호감을 표시하는 것이 불문율처럼 여겨져 왔다. 하지만 요즘은 시대가 바뀌었다. 첫 데이트 비용을 남자가 부담하면 다음 데이트 비용이나 간단한 커피값 정도는 여자가 지불하는 경우가 상당히 늘었고, 그게 당연하다고 여기는 남자들도 많아졌다. 그런데 한 가지 주목할 것은 이런 경우에 커플로 발전하거나 결혼으로 이어지는 확률이 매우 높다는 것이다. 남자들은 이 오랜 '데이트 관습'을 스스로 깨는 여자들에게 상당한 호감을 느끼기 때문이다.

벌써 5~6년 전의 일이다. 한 남성 회원이 드디어 자신의 짝을 찾은 것 같다며 장문의 감사 문자를 보내왔다. 문자를 받고 반가운 마음에 바로 전화를 걸었다.

"어떻게 맘이 바뀌셨어요?"

이미 여러 여성들과 만남을 가져봤던 그는 사실 이번에도 여성 회원이 썩 마음에 들진 않는다고 했다. 더도 말고 딱 세 번만 만나 보라고 권했고, 세 번째 데이트를 하는 날이 화이트데이였다. 연인으로 발전한 건 아니지만 남성 회원은 예의상 꽃과 작은 선물 바구니를 준비했다고 한다. 그런데 데이트 당일, 남자는 뜻밖에 향수 선물을 받았다. 밸런타인데이를 함께 보내지 못해 선물을 못 했다며 남자에게 줄 선물을 준비한 것이다. 늘 받는 것을 당연하게 생각하는 여자들만 만나왔던 남자는 순간 그녀가 달리 보였다고 했다. 꼭 선물을 받아서가 아니라, 왠지 자신이 대접받고 있다는 생각이 들었다고 말이다. 이처럼 남자가 여자에게 반하는 계기는 의외로 단순하다. 자신이 존중받고, 대접받고 있다는 생각이 들면 남자는 그녀에게 순정을 바치고 싶어진다.

연애를 해보면 그렇다. 정말 괜찮은 남자를 만나 사랑할 때, 내 남자가 쓸데없이 돈을 쓰는 게 아깝다고 느껴질 때가 있다. 마치 부부처럼, 그의 돈도 소중하고 '우리'라는 생각이 크게 자리 잡았기 때문이다. 반면 '만나는 동안에는 맘껏 벗겨 먹어야지!'라고 마음먹으면 그 관계는 오래가지 못한다. 지금 이 여자가 나를 대접하고 배려해 주는지, 아니면 호구로 생각하는지는 아무리 눈치 없는 남자라도 오래지 않아 느낄 수 있다.

남자는 같이 먹는 밥값이나 같이 보는 영화, 같이 즐기는 호텔비 정도는 '기본적인 데이트 비용'이라고 생각한다. 하지만 여자에게 비싼 가방이나 옷을 선물하는 건 남자 입장에서 '투자'다. 남자들은 가치 없는 것에 절대 투자하지 않는다. '이 여자를 내 여자로 만들겠다!'라는 생각이 있다면 굳이 여자가 벗겨 먹으려 하지 않아도 아낌없이 투자하는 게 남자다. 그렇기 때문에 여자에게 뭔가를 받으면 자신이 그녀에게 '가치 있는 남자'가 됐다고 느끼는 것이다.

그러니 마음에 드는 상대가 있다면 받으려고만 하지 말고 먼저 베풀어라. 만약 남자에게 뭔가를 받으려고만 하고 전혀 베풀지 않는다면 남자 역시 무턱대고 투자할 마음이 생기지 않을 것이다. 남자의 투자는 '관계의 진전'과도 밀접한 관계가 있기 때문에 중요한 문제다. 앞서 말했지만 남자들이 투자하지 않는다는 것은 관계를 발전시키려 하지 않는다는 것과 같은 의미다. 주식투자를 하거나 부동산에 투자할 때 가장 기본적으로 따져보는 것이 '미래 가치'다. 남자들 역시 '이 여자에게 투자할 만한 가치가 있나? 관계가 발전될 수 있을까?'를 먼저 파악하게 된다. 나에게 전혀 관심 없는 여자, 얌

체같이 속 뻔히 보이는 여자, 나를 호구로 여기는 여자에게 남자가 투자 가치를 느낄 리 만무하다.

누구라도 상대방에게 이용당하고 싶어 하지는 않는다. 이용은 다른 사람이나 대상을 자신의 이익을 채우기 위한 방편으로 쓰는 것을 말한다. 반면 애용은 이용과 발음은 비슷해도 전혀 다른 뜻을 가지고 있다. 좋아하여 애착을 가지고 자주 사용한다는 의미다. 사람이 물건도 아닌데 애용이라니 조금 어폐가 있긴 하지만, '남자/여자 사용설명서'도 나오는 마당에 안 될 것도 없다. 남자를 이용하지 말고 애용해 보자. 아니, 애용해 '주자'. 단점보다 장점을 보려 애쓰고, 좋아해 주고, 애착을 가지고 자주 보고 아낀다면, 그리고 먼저 다가가고 좀 더 베푼다면 둘도 없는 관계로 발전할 수 있을 것이다. 이용에는 계산이 깔려 있지만 애용에는 계산이 없기 때문이다.

계산 없이 사랑하라.
- 영화 〈이프 온리〉 중에서

당신의 연애를 방해하는 착각들

"괜찮은 남자는 씨가 말랐어요."

괜찮은 남자가 거짓말처럼 눈앞에 나타나 주길, 나를 찾아와 주길
바라고 있으니 안 보이는 것뿐이다. 사실 3545 싱글녀에게 썩 괜찮
은 남자가 '짠!' 하고 나타날 확률은 거의 없다. 그 미미한 확률을
놓고 수많은 싱글녀 동지들, 어린 여자, 게다가 돌아온 싱글과 경
쟁해야 한다는 것을 명심하라. 앉아서 손 놓고 기다리는 당신에게
까지 순서가 온다는 보장은 없다. 직접 찾아 나서라. 보물찾기하듯,
눈을 부릅뜨고 적극적으로 찾아야 한다.

"나이가 많아서 연애를 시작하기 어려워요."

팔순에도 연애는 한다. 단순히 나이가 많아서 연애를 못 하는 게 아니라 나이가 많은데도 죽어라 움켜쥐고 있는 여러 가지가 연애를 방해하는 것이다. 넘치는 욕심, 과한 바람을 내려놓고 나이가 많아서 포기해야 할 것이 있다면 과감하게 포기하라.

"난 아닌데 사람들은 내가 눈이 높을 거라고 생각해요."
당신 스스로는 눈이 높지 않다고 생각하지만 남들이 보기에는 과분한 상대를 찾고 있다는 얘기일 수도 있다. 자존감도 중요하지만 자신을 과대평가하는 것은 금물! '내 상대가 이 정도는 됐으면 좋겠다'라고 생각한다면 그 정도 남자들이 주변에 얼마나 있는지 꼽아보라. 주변에서 3~4명 정도는 쉽게 꼽을 수 있어야 적당한 눈높이라 할 수 있다.

"차갑고 도도해 보여서 남자들이 다가오지 않아요."
차갑고 도도한 게 아니라 매력이 없는 건 아닌지 돌아보라. 아무리 차갑고 도도해도 매력만 넘친다면 연하의 남자라도 다가와야 정상이다. 매력은 없으면서 차갑고 도도하기만 한 여자는 연식 좀 있는 남자들은 피곤해한다. 또한 차갑고 도도하다는 건 인상의 문제가 아니라 행동의 문제일 수 있다. 상냥한 태도와 따뜻한 말투를 의식적으로 연습하라. 반복해서 노력하다 보면 곧 습관이 되고, 행동을 교정할 수 있다. 만약 행동 교정이 성공적이라면 얼굴에서 풍기는 차가운 이미지는 오히려 반전 매력이 된다. 첫인상은 차갑지만 따뜻한 말투와 배려를 가진 여자! 남자들이 거부할 수 없는 매력의 포인트가 될 수 있다.

"주변에 용기 있게 대시하는 남자가 없어요."
30대 남자들이 대시하지 않는 이유는 그들이 겁쟁이여서가 아니다. 여자의 매력이 딱히 액션을 취할 만큼은 아니기에 움직이지 않는 것이다. 용기 있는 남자를 찾기 전에 자신이 매력적인가를 살펴라. 긴장 풀린 몸매, 탄력 잃은 얼굴, 윤기 없는 머릿결, 패션 센스라곤 찾아볼 수 없는 차림이라면 어느 누가 반하겠는가. 치장은 남자들이 부담스러워하지만 적당한 가꾸기는 대환영한다. 화장기 없는 민낯에서 청초함을 찾을 나이는 이제 지났다. 무너지지 말고 가꿔라.

우리는 나이를 먹을수록 점점 더
괜찮은 남자를 보는 눈이 생긴다.
눈은 점점 높아지는데 남아 있는 남자들의 상태는
점점 안 좋아진다.
그러니 연애가 쉽지 않은 것이다.

| Part 2 |

썸 타다 쌈하는
여자들을 위한 워밍업

당신의 연애 세포는 안녕하십니까?

　연애를 장기간 쉬거나 번번이 썸에 실패하는 여자들이 가끔 "내 연애 세포는 죽은 것 같아. 더 이상 반응을 안 해. 완전히 무뎌진 걸까?"라고 심각한 표정으로 말하는 것을 보곤 한다. 물론 우리 몸속에 실제로 '연애 세포'라는 게 존재하진 않는다. 하지만 연애 공백기가 길어질수록 그에 반응하는 감각이 무뎌져 연애에 대한 욕구 자체가 사라지고, 이성과의 피드백도 종종 핀트가 어긋나 버린다는 걸 깨닫게 된다.

　인간은 태어난 시점부터 노화가 시작된다고 한다. 그래도 20대 초반까지는 탄력 회복성이 좋아서, 간밤에 생긴 베개 자국도 세수를 하고 집을 나서면 말끔하게 사라지곤 했다. 그런데 30대를 지나면서는 깊숙이 파인 베개 자국을 아무리 문지르고 토닥토닥 달래봐도 오전 내내 숙면의 훈장으로 달고 있어야 한다. 바로 탄력 회복성이 떨어졌기 때문이다. 나이를 먹으면 베개 자국 하나도 내 뜻대로 회복되지 않는다.

사랑에 대한 탄력 회복성도 마찬가지다. 나이를 먹어가며 사랑의 좌절과 실패를 거듭할수록 마음의 탄력 회복성도 떨어지게 된다. 다시 연애하는 것이 두려워 선뜻 연애에 발을 담그지 않다 보니 연애 공백기는 점점 더 길어진다. 이런 공백기가 반복되고 길어지다 보면 남자에게 매력을 제대로 발산하거나 핑퐁처럼 소통하는 감각이 무뎌질 수밖에 없다.

운동선수가 부상을 입어서 오랫동안 훈련을 쉬면 경기 감각이 떨어지듯이, 긴 시간 동안 연애를 하지 않으면 연애 감각이 떨어지는 건 당연한 이치다. 괜찮은 남자를 봐도 이성의 느낌으로 다가오지 않고, 감성 촉촉한 영화나 소설을 봐도 쉽게 감정이입이 되지 않고, 어쩌다 남자와 마주 앉아도 어떻게 대화를 이어가야 할지 막막해지고, 상대가 보내오는 그린라이트를 전혀 캐치하지 못한다면…… 이 모두가 연애 감각이 떨어졌다는 증거다.

시간이 지날수록, 연애 공백기가 길어질수록 연애 세포는 완전 소멸로 가게 될 것이다. 누군가를 만나 서로 알아가고, 사랑하고, 익숙해지는 일련의 과정을 그저 "귀찮다"라고 말하는 이들이 있다. 이

결혼이란 제도 속에 인생을 담아봐도 좋을 것이다.
100세 시대에 한 번도 결혼해 보지 못했다는 것은
결코 자랑할 만한 일이 아니다. 능력 있는 여자는
두세 번씩도 하는 게 결혼이다. 확고하게 독신의 길을
'선택'한 사람이 아니라면 연애부터 해야 한다.
얼마 남아 있지 않은 연애 세포가 전멸하기 전에
머리부터 발끝까지 연애 세포를 배양해,
각자의 위치에서 왕성하게 활동할 수 있도록
특단의 조치가 필요한 시점이다.

런 반응을 보이는 경우는 크게 두 가지로 나눌 수 있는데, 한 가지는 연애를 하고 싶어도 못하는 자신에 대한 마지막 자존심으로 연애 공백기를 스스로 합리화하는 경우다. 다른 한 가지는 연애 세포가 소멸해 버린 나머지 연애가 왜 필요한지, 지금 상태도 꽤 만족할 만한데 그런 복잡 미묘한 감정을 꼭 나눠야 하는 것인지 이해하지 못하는 경우다.

이 책을 읽는 당신이 30대 중반이라면 우리나라 여성의 기대수명을 감안할 때 앞으로 최소한 40~50년을 살아가야 한다. 아직 살아온 날보다 살아갈 날이 더 많이 남았다. 만약 나이를 먹어도 언제까지나 함께할 싱글 친구들이 네 명 이상 있거나, 2세에 대한 미련이 전혀 없거나, 무조건적인 내 편이 필요하지 않거나, 부모형제가 다 떠나고 가족 없이도 혼자 살아갈 수 있다면 연애도 결혼도 필요 없을 것이다. 지금이야 젊고 능력 있고 친구도, 일도 있기 때문에 연애에 대한 간절함이 덜할 수 있다. 하지만 10년 후만 생각해 봐도 혼자 밥을 먹고, 혼자 잠을 자고, 혼자 TV를 보는 자신의 모습이 그다지 근사하게 느껴지진 않을 것이다.

결혼이란 제도 속에 인생을 담아봐도 좋을 것이다. 100세 시대에 한 번도 결혼해 보지 못했다는 것은 결코 자랑할 만한 일이 아니다. 능력 있는 여자는 두세 번씩도 하는 게 결혼이다. 확고하게 독신의 길을 '선택'한 사람이 아니라면 연애부터 해야 한다. 얼마 남아 있지 않은 연애 세포가 전멸하기 전에 머리부터 발끝까지 연애 세포를 배양해, 각자의 위치에서 왕성하게 활동할 수 있도록 특단의 조치가 필요한 시점이다. 그 조치라는 게 그리 대단한 건 아니다. 그동안 하지 않았고, 대충 했고, 피했던 것들을 하면 된다. 아래에 나열한 싱글녀들이 스스로 정한 네 가지 금기 행동이 무심코 하는 당신의 행동과 닮아 있지 않은지 체크해 보라.

첫째, 누가 봐도 '나 솔로'라는 인상을 심어주지 마라.

싱글이라 외롭다며 소개를 부탁할 때 혼자인 이유를 외모로 풍겨서는 절대 안 된다. 화장기 없는 얼굴, 손질 안 한 네일, 질끈 묶은 머리, 동네 편의점 가는 차림의 데일리룩은 내추럴한 매력이기는커녕 게으른 인상을 풍길 뿐이다. 이제 화장 안 하면 초라해 보이고, 젖은 머리는 더 이상 섹시하거나 청순해 보이지 않는다. 손질하지 않은 네일은 가꾸지 않는 여자임을 인증하는 증거다. 한참 꾸미고 외출했는데도 "요즘 눈코 뜰 새 없이 바쁜가 봐?", "왜 이렇게 안 꾸며! 좀 꾸며"라는 얘기를 듣는다면 오늘의 스타일링은 실패한 것이다. 변장을 하라는 것도, 부담스럽게 치장을 하라는 것도 아니다. 최소한 '나는 나를 가꾸는 데 관심 좀 있다'는 것을 보여주면 된다.

누군가를 만나서 알아가고,
사랑하고,
익숙해지는 일련의 과정을
그저 "귀찮다"라고 말하는 이들이 있다

둘째, 커플이 있는 장소는 어디든 찾아다녀라.

연애를 안 하는 사람은 연인들이 즐겨 찾는 장소를 의도적으로 피한다. 꼭 의도하지 않더라도 가볼 생각조차 안 한다. 크리스마스엔 무조건 방콕, 밸런타인데이, 화이트데이, 심지어 주말같이 연인들이 데이트하는 날들을 애써 집에 있는 날로 정하고 바깥출입은 최대한 자제했을지 모른다. 데이트 코스로 유명한 자동차극장, 놀이동산, 남산타워, 강변 카페는 접근 금지구역이라도 되는 듯 스스로 통제한다. 친구 커플들이 참석하는 모임에는 최대한 늦게 합류하거나 빠지는 경우가 대부분이다. 결혼식에 참석하는 것은 귀찮고, 배 아프고, 시간 아까운 일이라 적당히 핑계 대고 축의금만 전달한 적도 많을 것이다. 앞으로는 커플이 많이 보이는 장소를 적극적으로 찾아다녀라. 알콩달콩 사랑놀이 하는 커플, 연인에서 부부가 되는 현장, 안정적인 결혼 생활을 하고 있는 그들을 직접 눈으로 봐야 무뎌진 연애 세포에 자극을 줄 수 있을 것이다.

셋째, 각종 매체의 연애 관련 정보를 적극 활용하라.

'좀 유치해', '난 달라', '요즘 누가 그래?', '귀찮아', '뻔한 얘기야'라고 생각하지 마라. 부정적으로 생각하기 때문에 유치한 거고, 지금 안 하고 있어서 다른 거고, 안 해 버릇해서 귀찮은 거고, 영화나 드라마만 보니 뻔한 거다. 요즘은 연애 관련 상담을 해주는 라디오나 TV 프로그램이 많이 생겼고, 스마트폰으로 들을 수 있는 팟캐스트도 다양하다. 잡지의 팁들도 풍성하고 책으로 얻는 정보도 상당하다. 모든 정보를 최대한 적극 활용하고 관심을 가져라. 정보가 늘어나는 만큼 연애 세포도 늘어나게 될 것이다.

이 세 가지만 행동으로 옮겨도 서서히 달라지는 자신을 느끼게될 것이다.

마지막으로, 절대 고집부리지 말자.

흔히 노처녀들의 대표적인 성향으로 '고집'을 꼽는다. 살아온 연식이 있으니 소소한 경험도 쌓이고 그 결과로 깨달음도 얻었을 것이다. 그렇다고 해서 주위의 충고를 듣지 않고 자신의 주장만 앞세우면 정말 곤란하다. '내가 해봐서 아는데, 그거 별로야!'라는 식의화법은 여자건 남자건 상대방에게 꼰대 같은 인상을 줄 뿐이다. 시대를 변화를 민감하게 받아들이지 않는 고집은 본인에게는 주관이나 철학일지 몰라도 남들에겐 '씨도 안 먹히는 외골수'라는 폐쇄적인 인상만 남기게 된다.

내겐 고양이도 있고,
아파트도 있고,
혼자 쓰는 리모컨도 있어요.
다만 함께 웃을 수 있는 사람이 없어요.

– 영화 〈당신이 잠든 사이에〉 중에서

연애일까, 썸일까?

　얼마 전, 내가 만남을 주선한 여성 프리랜서 H는 대기업에 다니는 G가 맘에 들었다고 한다. 일주일에 한 번씩 만났고 벌써 2개월째 만남을 지속하고 있는데, 남자가 적극적인 액션을 취하지 않는다고 했다. 앞으로 이 만남을 계속해야 할지 고민이라는 H는 속상하다며 상담을 요청해 왔다.

　실제로 내 주변만 봐도 이렇게 애매하고 불투명한 관계 때문에 고민하는 사례들이 많다. 상대의 말투나 연락하는 빈도 등을 봤을 땐 분명 자신에게 호감이 있는 것 같은데, 정작 관계를 발전시키진 않고 계속 긴가민가하게 만드는, 그야말로 '희망고문'이다.

　이렇게 연인으로 이어지고 싶은 마음이 기저에 깔려 있으면서도 딱히 사귀지는 않는 상태, 연락은 꾸준히 하지만 마음도 관계도 헷

갈리는 상태를 흔히 '썸 탄다'고 말한다. 썸의 어원[?]인 'something'이라는 말 그대로 뭔가 느낌이 있고, 뭔가 관심이 가고, 뭔가 끌림이 있고, 뭔가 설렘이 있는 상태를 가리킨다. 그게 딱히 뭔진 모르겠지만 자꾸 신경이 쓰이고, 함께하고 싶은 느낌이 생긴다는 것이다. 문제는 썸을 탄다고 해서 반드시 연인 사이가 된다는 보장은 없다는 데 있다. 그렇기 때문에 남녀 쌍방이 아무런 확신 없이 밀고 당기는, 조금 애매한 사이로 지내는 것이 바로 썸이다.

썸의 상태가 지속되다 보면 여자들은 이 관계를 어떤 식으로든 깔끔하게 정리할 필요가 있다고 느낀다. 좀 더 정확히 말하자면 관계를 발전시키거나 자신이 특별한 존재라는 사실을 확인받고 싶어 한다. 그래서 흔히 하는 실수가 이것이다. 어느 날 갑자기 진지하게 분위기를 잡고 "우리가 지금 무슨 사이야?"라는 질문을 던진다. 그리고 즉석에서 대답을 듣길 원한다. 그것도 자신이 원하는 답을. "우리가 무슨 사이야?"라고 물었을 때 여자가 원하는 답은 "우린 사귀는 사이지" 혹은 "당신은 나한테 특별한 존재야"라는 명확하고 심플한 한마디다. 별것 아닌 사이길 바라는 여자가 무슨 사이냐고 물을 이유는 없기 때문이다.

안타깝지만 대부분의 남자들은 이런 여자의 마음을 몰라주고 생각을 빨리 정리하지 못한다. 남자들에겐 중차대한 일이 벌어지면 그것에 대해 고민하고 궁리할 시간이 필요하다. 흔히 나이 좀 있는 남자들은 머리 쓰고 고민하는 것을 귀찮아한다고 생각하지만, 관계를 맺고 끊는 데 있어서만큼은 누구보다 신중하다. 분명 썸은 쌍방이 뾰족한 확신 없이 밀고 당기는 사이인데, 어느 한쪽이 이렇게 갑자기 정색하고 입장 정리를 요구하고 나서면 다른 한쪽은 당황하게 마련이다. 그는 아직 당신에 대한 확신이 없기 때문이다. 확신이 없기는 질문하는 쪽도 마찬가지다. 그래서 이 불안한 관계를 빨리 안정적 관계로 발전시키고 싶고, 애매한 자신의 존재를 특별한 존재로 못 박아두고 싶은 것이다.

그런데 어쩌나. 아직은 갖고 싶어 미치겠다거나 연애하고 싶거나 결혼하고 싶은 정도까지는 아닌, 그저 관심이 생기고 이 관계가 설레고 좋고 편하다고 느끼는 상태라면 부담이 될 수밖에 없다. 답을 재촉하면 대답을 못 하는 쪽은 쫓기는 느낌이 들 테고, 답을 기다리는 이는 답답한 마음이 들 것이다. 특히 어서 빨리 답을 내놓으라고 다그치는 쪽이 여자라면 그 관계는 썸에서 끝날 확률이 더욱 높다. 예상치 못한 질문에 당황하고 고민할 시간이 필요한 남자를 여자는 너그럽게 기다려 주지 못한다. 무조건반사처럼 단계를 뛰어넘어 초스피드로 반응을 보여야 직성이 풀리는 상황이라, 기대했던 반응이 없을 경우 남자가 우물쭈물 망설이고 있다고 생각하기 때문이다.

연애를 많이 안 해본 싱글녀일수록 이런 성향이 강하다. 썸의 뜸들이는 시간을 즐기기보다 지금 당장 뭔가를 확인하고 싶어 하는 급한 성격은 결국 썸을 쌈으로 반전시키기 십상이다. 흔히 남녀 관계에서 일주일에 한 번 만나면 친구, 한 번 이상 만나면 애인, 한 달에 한 번 정도 만나면 그냥 지인이라는 말이 있다.

그러니 남자의 답을 듣고 싶다면 그냥 기다리는 수밖에 없다. 질문하고 기다려 줘라. 재촉한다고 해서 남자가 원하는 답을 빨리 내어줄 것도 아니고, 오히려 쫓기는 기분이 들어서 이 관계가 생각만큼 편안하지 않다는 부정적인 느낌만 심어줄 뿐이다. 남자에게 질문을 하는 것까진 좋다. 질문을 한 뒤 "천천히 생각해 봐도 돼"라는 말을 반드시 전하고, "당신 결정을 기다릴게"라고 말하면 남자들은 존중받고 있다는 느낌이 든다. 결국 두 사람의 관계는 당신의 기대를 벗어나지 않을 것이고, 뒤통수치는 반전은 일어나지 않을 것이다.

확신이 서지 않은 상태에서 썸 자체를 편안하게 즐기고 있는 남자에게 관계의 정리나 명확한 입장 정리를 재촉하는 것은 오늘내일 안에 이 관계를 끝내자는 말이나 다름없다. 나이가 있는 남자들은 상당량의 에너지를 일에 쏟기 때문에, 연애에 그만한 에너지를 쏟아 부을 여력이 없다. 이 나이대의 남자들은 에너지를 쏟기보다 충전하기를 더 원한다. 남자가 썸을 통해 편안하게 관계 자체를 즐기고 있는 것 같다면 굳이 관계의 정리나 깔끔한 결정을 요구하지 말자. 이미 남자는 편안함에 익숙해졌을 테고, 그런 관계를 원하는 남자가 여기저기 복잡한 관계들을 펼쳐났을 리도 없다. 그 편안한 관계 자체가 썸이자 그 남자의 연애 스타일일 수도 있다는 얘기다. 연인이 되기 위해 필요한 것은 결정이 아니라 감정이라는 것을 기억하기 바란다.

확신이 서지 않은 상태에서
썸 자체를 편안하게 즐기고 있는 남자에게,
관계의 정리나 명확한 입장 정리를 재촉하는 것은
오늘내일 안에 이 관계를 끝내자는 말이나 다름없다.
나이가 있는 남자들은 상당량의 에너지를 일에 쏟기 때문에,
연애에 그만한 에너지를 쏟아 부을 여력이 없다.

썸이 쌈이 되는 건 한순간이다

　야구에서 공격이 끝나고 수비로 바뀔 때 누상각 베이스 위에 주자가 남아 있는 것을 '잔루'라고 한다. 1루, 2루, 3루에 모두 주자가 나가 있었다고 해도 홈을 밟지 못한 채 스리아웃을 당하면 득점 없이 이닝이 종료된다. 타자가 안타를 치든, 번트를 대든, 도루를 하든 중요하지 않다. 야구에서는 오로지 홈을 밟고 득점하는 것만이 의미가 있다.

　남녀 관계도 마찬가지다. 아무리 오랜 기간, 끈끈한 썸을 탔다고 해도 연애로 연결되지 못하고 끝난다면 야구에서의 '잔루'처럼 무의미해지는 것이다. 썸에서 깔끔하게 끝나면 그나마 다행이다. 서로의 기대에 못 미치거나, 실망하거나, 답답한 나머지 쌈으로 끝나는 경우가 있다.

썸에서 쌈이 되지 않고 연애로 이어지고 싶다면 썸남에게 제발 이러지 마라.

미지근하고 답답한 반응

관계를 좀 더 발전시키고 싶다면 적극성을 보여야 하는 것은 기본. 마음을 너무 드러내는 것 같아 자존심 상한다고 미지근한 반응을 보이거나 그가 보내온 SNS나 메신저에 단답형으로 대답하는 것은 "관심 없으니 연락 좀 그만해요!"라고 말하는 것과 같다. 대화를 이어 나가지 않고 딱 떨어지는 대답만 하거나 상대에게 질문 하나 건네지 않는다면 그는 자신에게 관심이 없다고 느낀다. 관심 없는 듯 미지근하고 답답한 반응을 보이는 여자에게 '아직 사귀는 사이는 아니니까'라고 생각하며 꾸준히 연락할 남자가 얼마나 될까? 또 그 관계가 얼마나 지속될까? 아마 대부분의 남자는 몇 주 안에 포기하고 관계를 정리할 것이다. 상대방이 좋다면 솔직한 감정을 담아 적극적으로 표현하는 것은 기본이다. 만약 남자가 세 번 정도 적극성을 보였다면 두 번은 내가, 다시 한 번은 남자가 표현하도록 유도해 보자.

남자는 여자보다 솔직하고 단순하다.
호감을 표시하면 정말 호감인 거지,
그걸 두고 '왜 이랬을까?
혹시 그런 거 아닐까?'라며
생각의 고리를 물고 의심하지 마라.

도도한 콘셉트로 늘 바쁜 척

어정쩡한 관계가 연인으로 발전하려면 자주 만나야 한다. 자주 보면 정이 들고, 정이 들면 관계는 발전하게 돼 있다. 그런데 이런 만남에 있어서 어설픈 콘셉트를 잡아 바쁜 척, 도도한 척한다면 관계를 발전시키긴커녕 망치는 지름길이 된다. 남자는 관계의 편안함을 최우선순위에 둔다. 그런데 도도한 것도 모자라 바쁘기까지 한 여자라면 일단 피곤하고 잘 안 맞는다고 생각하기 쉽다. 만약 정말 바쁜 일이 생겨서 약속을 거절해야 한다면 "일요일은 정말 바빠서요. 다음에 봐요"라고 기약 없는 대답을 남길 게 아니라 "전 일요일보단 토요일이 괜찮고, 다음 주엔 평일 저녁도 좋아요"라고 구체적인 대안을 제시하라. 상대방은 일요일 약속을 거절당했더라도 다음 날짜를 제안받았기 때문에 거절이라는 느낌이 들지 않는다.

호감에 대한 역추적

남자는 여자보다 솔직하고 단순하다. 호감을 표시하면 정말 호감인 거지, 그걸 두고 '왜 이랬을까? 혹시 그런 거 아닐까?'라며 생각의 꼬리를 물고 의심하지 마라. 쓸데없이 이런저런 상상을 하고, 상상이 만들어낸 결론으로 상대를 오해할 수 있다. 오해는 있는 그대로 받아들이지 못하는 당신의 비틀린 마음에서부터 비롯된 것이다.

상대가 호감을 표현했을 땐 그 호감을 기쁘고 고맙게 받아주면 된다. 그리고 당신도 같은 마음이라면 똑같이 표현해 주면 된다.

유치한 질투 유발작전

남녀 사이에서 가장 유치한 방법이자 금기시되는 방법이다. 주변에서 소개팅을 시켜 준다고 했다거나, 관심 없는 회사 동료에게 고백을 받았다거나, 당신 말고 연락하는 남자들이 몇 명 있다는 식의 영양가 없는 말은 할 필요가 전혀 없다. 만약 사실이라 해도 굳이 이런 말을 상대에게 할 필요가 없고, 사실이 아니라 그냥 질투 유발을 위해 만들어낸 얘기라면 정말 한심한 행동이다. 아직 사귀는 사이도 아니고, 까놓고 말하자면 '간 보는' 사인데 굳이 이런 말을 해서 묘한 기류를 조성할 필요가 대체 뭔가? 그럴 때 남자는 '이 여자가 인기가 많고 주변 남자들이 가만두질 않으니 잽싸게 침을 발라 둬야겠군!'이라고 생각하기보다는 '그럼 선택은 당신이 하시든가'라는 생각으로 방치할 수 있다.

어설픈 밀당

어설픈 밀당은 티가 난다. 기분 좋게 통화한 다음 날 갑자기 하루 종일 연락을 안 한다거나 SNS의 메시지를 확인하고도 바로바로 대답하지 않는 등 시간차 공격으로 어설프게 밀당을 시도하는 건 전혀 바람직하지 않다. 상대방을 짜증나게 할 수도 있고, 매력이 오히려 반감될 수 있기 때문이다. 너무 "Yes!"만 외쳐도 매력이 없지만, 티 나는 밀당은 화를 부른다. 썸남은 당신의 진심에 관심이 있다. 밀고 당길 시간에 당신의 진심을 표현해 그를 확실하게 끌어당기는 편이 훨씬 생산적이다.

아무리 오랜 기간, 끈끈한 썸을 탔다고 해도
연애로 연결되지 못하고 끝난다면
야구에서의 '잔루'처럼 무의미해지는 것이다.
썸에서 깔끔하게 끝나면 그나마 다행이다.
서로의 기대에 못 미치거나, 실망하거나,
답답한 나머지 쌈으로 끝나는 경우가 있다.

당신에게 다가온 사랑의 신호,
그린라이트를 캐치하라

"딱히 사귀잔 말은 없었지만 가끔 밥도 먹고 영화도 보고
드라이브도 하는 남자죠. 그런데 얼마 전에 그가 뜬금없이
속옷을 선물한 거 있죠. 순간 '이 남자 뭘까?'라는 생각이
들었지만 그냥 고맙게 받겠단 인사를 하고 서둘러 들어왔어요.
그날 이후로 '날 쉽게 생각하나? 이 남자 변태 아닌가?'
이 두 가지 생각으로 맘이 너무 복잡해졌어요.
뜬금없는 속옷 선물의 의미가 뭘까요?" - 35세, 디자이너

 이 책을 준비하며 인터뷰차 만난 디자이너 A는 소위 '썸남'이 있
다고 했다. 처음 미팅을 가졌을 때부터 그의 얘기를 꺼내 이런저런
상담을 하기도 했는데, 하루는 이처럼 속옷 에피소드를 풀어놓으며

도대체 남자의 마음을 모르겠다고 하소연했다.

A는 남자의 마음이 궁금한 게 아니라 좀 더 확실한 액션을 취하지 않은 남자에게 답답함과 아쉬움을 가지고 있었다. 그녀는 이미 그 남자에게 마음이 있는 게 확실했다. 사이가 어색해지는 게 싫어 선물을 기분 좋게 받아줬고 고마움도 표시했다. 무엇보다 그의 눈에 비친 자신이 쉬운 여자가 아니길 바라고 있었고, 그의 태도가 진지한 것이길 기대하고 있었다. 이런 상황에 남자가 준 선물이 하필 속옷이라는 것에 큰 의미를 둘 필요가 있을까? 자신은 남자에게 마음이 있고, 남자 역시 마음이 있다면 관계를 발전시키는 데 집중해야지, 그 의미를 왜 후벼 파고 있냐는 것이다.

커플매니저라는 직업의 특성상 직접 상담을 하는 회원 외에도 여러 채널을 통해 알게 되는 이들이 곧잘 연애 문제를 상담해 오곤 한다. 20년 동안 1만 명 이상의 남녀를 만나 상담을 했으니 온갖 연애의 케이스를 듣고, 보고, 경험한 것이 사실이다. 물론 내가 하는 모든 말이 정답은 아니지만, 그만큼 많은 이들의 연애를 간접적으로나마 경험했기 때문에 남녀의 심리를 일반인보다는 좀 더 전문적으로 파악하고 있다고 자부한다.

그런 의미에서 굳이 따져 보자면, 우선 남자들은 관심 없는 여자에게 선물을 하지 않는다. 그것도 남자가 직접 고르기 민망한 속

아무리 상대가 호감을 표현해도
그것을 적절한 타이밍에 캐치하지 못한다면
관계가 끝나버릴 수 있다. 그렇게 아무렇지 않게
끝날 수 있는 허무한 관계가 썸이고,
그렇게 캐치하기 어려운 시그널이 그린라이트다.
바로 그렇기 때문에 상대가 그린라이트를
켜주기만 기다리는 것은 실패할 위험이 높다.
마음만 있다면 사랑의 직진 신호를 직접 켜고,
내친김에 교통정리까지 하는 편이 가장 확실하다.

옷 선물이라면 꽤나 신중하고 어렵게 골랐을 것이다. 만약 A를 쉽게 생각한 음흉남이라면 밤늦게 찾아와 선물까지 안겨주고 곱게 돌아갔을까? 차라리 술을 먹이고, 은근히 잠자리를 원하고, 그때 야한 속옷을 꺼냈을 것이다.

결론은 A에게 호감이 있는 남자의 확실한 그린라이트였고, 그걸 캐치하지 못한 A가 관계를 쉽게 급진전시킬 수 있는 결정적 기회를 날려버린 것이다. 선물을 받았던 날 직접적으로 선물의 의미에 대해 궁금한 것들을 물어보고, 19금 대화도 자연스럽게 섞어 가면서 이런저런 대화를 나눴다면 둘의 관계는 훨씬 더 확실해지고 급속도로 가까워졌을 것이다. 아직 둘의 관계가 정리되지 않았다면 A가 고마움의 표시로 밥을 사면서 자신의 마음을 표현해 보는 것도 좋을 것 같다.

앞에서도 언급했지만 단순한 남자들에 비해 실타래처럼 복잡하게 생각이 얽혀 있는 게 여자들이다. 왜 선물을 했는지, 그 선물이 왜 하필 속옷이었는지, 무슨 의미로 속옷을 선물했는지 등등, 그야말로 의미 없는 생각들 때문에 정작 중요한 것을 놓치는 경우가 많다. 여기서 중요한 것은 썸남이 썸녀에게 선물을 했다는 것이다. 선물은 관심의 표현이고, 썸녀도 마음이 있다면 적절한 표현을 해줬어야 관계가 발전될 수 있었다. 의미나 의도 등 본인에게 직접 들어야 가장 정확히 알 수 있는 얘기는 직접 물어보는 게 정답이다. 그게 상대를 오해하지 않을 수 있는 가장 확실한 방법이다.

이렇게 선물이라는 확실한 표현 방법으로 상대에게 어필하는 사람이 있는가 하면, 꾸준한 연락과 관심으로 마음을 표현하는 사람도 있다. 매일 밤, 거의 석 달 넘게 규칙적인 시간에 울리는 그의 카톡에 닫혔던 마음을 살짝 열어뒀던 M이 있다. 일상을 얘기하고, 지인들의 안부를 묻고, 지금 갑자기 생각난 맛집을 얘기하고, 요즘 관심사들을 나누면서 둘은 가까워졌다. 그렇게 그들의 대화는 밤마다 두 시간가량씩 이어졌고, 가끔 뜻이 맞는 날엔 '번개'가 이뤄져 M의 집 앞에서 맥주도 한잔씩 했다. 그러던 어느 날 갑자기 남자의 연락이 뜸해지기 시작했고, 지금은 아예 연락이 끊긴 상태라고 했다. 싸우거나 감정이 상한 것도 없는데 M은 도대체 영문을 모르겠다고 했다.

남자가 꾸준히 연락을 하다가 안 하는 경우는 크게 두 가지다. 다른 여자가 생겼거나, 썸 타던 관계를 포기했을 때다. 남자는 '오늘 처음 만난 여자'와 사랑에 빠진다는 농담처럼, 새로운 관심의 대상이 나타나면 관계의 진전 없이 썸만 타던 여자는 당장 정리가 가능하다.

그 이유가 아니라면 석 달 넘게 이어지던 대화에서 발전 가능성을 찾지 못해 포기한 경우일 수도 있다. 나중에 알게 된 사실이지만 M은 한 번도 남자에게 먼저 연락한 적이 없다고 했다. 대화하는 동안은 적극적이고, 호응도 잘해주고, 즐겁게 얘기를 나눴지만 막상 그 시간이 되면 먼저 연락하기보다 남자의 연락을 기다리는 쪽이었다고 했다.

누구도 일방적인 관계에서는 만족을 느끼지 못한다. 남자는 무려 석 달의 시간을 투자해 여자에게 끊임없이 그린라이트를 보냈다. 하지만 M은 그린라이트를 인지하지 못한 채 소극적 태도로 남자의 연락만 기다렸다. 마음의 문을 열어두는 건 아무 의미가 없다. 자신의 문을 열어두는 것은 물론이고 열려 있는 상대의 문으로 들어가는 적극성과 용기도 필요하다.

아무리 상대가 호감을 표현해도 그것을 적절한 타이밍에 캐치하지 못한다면 관계가 끝나버릴 수 있다. 그렇게 아무렇지 않게 끝날 수 있는 허무한 관계가 썸이고, 그렇게 캐치하기 어려운 시그널이 그린라이트다. 바로 그렇기 때문에 상대가 그린라이트를 켜주기만 기다리는 것은 실패할 위험이 높다. 마음만 있다면 사랑의 직진 신호를 직접 켜고, 내친김에 교통정리까지 하는 편이 가장 확실하다.

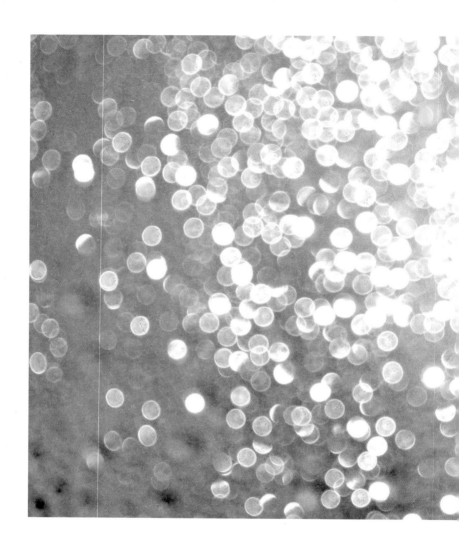

애매함으로 둘러싸인 이 우주에서
이런 확실한 감정은 단 한 번 오는 거예요.

- 영화 〈매디슨 카운티의 다리〉 중에서

썸, 관계의 시작일 뿐
사랑의 시작은 아니다

"어제 왜 연락 안 했어?"

"여자 누구?"

"지금 어딘데? 언제 집에 가는데?"

이렇게 연인 사이에나 오갈 법한 날카로운 질문들을 쏟아내면 상대는 당황하고 질리게 된다. 이제 막 썸 타는 상대가 밑도 끝도 없이 잔소리를 늘어놓는다면, 그게 애정 표현처럼 들릴 리가 있겠는가? 절대 아니다. 절대 아니라는 건 '밑도 끝도 없는'의 문제도, '잔소리'의 문제도 아니다. 아예 처음부터 질문 자체가 잘못된 것이다. 썸 관계에서 '애정 표현'이라는 건 있을 수가 없다. 사랑하는 사이가 아닌데 어떻게 애정 표현이 가능하냐는 얘기다. 분명히 해둘 것은,

썸이란 남녀 사이에 좀 더 특별한 관계가 형성돼 가는 과정일 뿐, 이를 연인 관계라고 착각해선 안 된다는 것이다. 이걸 스스로 분명히 해두지 않았기 때문에 오해가 생기고, 오버를 하게 되고, 당황하게 되고, 관계가 끝나게 된다.

흔히 여자들이 "사랑해"라고 말하는 데는 여러 가지 단서가 붙는다고 한다. '영원히' 사랑해를 시작으로 '당신이 나를 사랑하는 만큼' 사랑해, '누구보다' 당신을 사랑해, '당신의 경제력과 외모를' 사랑해 등등 구체적인 단서가 붙는다. 하지만 남자들이 말하는 "사랑해"라는 말에는 '지금은'이라는 단서가 붙는다고 한다. 남자는 여자와 달리 지금의 사랑이 영원하리라는 생각 자체를 하지 않는다. 앞으로 어떻게 될지에 대한 구체적인 계획이 잡혀 있지 않은 것이다. 사랑하는 관계에서도 그다지 먼 미래를 내다보지 않는 게 남자들이다. 남자들에게 중요한 건 현재이기 때문이다.

'지금'이 중요한 남자에게 '지금'은 분명 썸이다. 매일 주기적으로 연락을 주고받는 정도의 관계인데 마치 사랑인 것처럼 구속하려 들면 남자는 '뭔가 잘못되고 있구나'라고 동물적으로 직감하곤 빠져나가게 돼 있다. 더구나 경제적으로 자리가 잡혀 있고 나름 괜찮은 스펙도 보유하고 있는 30대 중반의 남자일 경우, 싱글녀와는 상황이 많이 다르다.

분명히 해둘 것은, 썸이란 남녀 사이에
좀 더 특별한 관계가 형성돼 가는 과정일 뿐,
이를 연인 관계라고 착각해선 안 된다는 것이다.

남자들은 출산, 즉 난자의 유효기간에 대한 압박이 없다. 그래서 그들에게는 시기가 그리 중요하지 않다. 또 이미 여자라면 충분히 겪어봤고, 사귀는 여자가 아니더라도 마음만 먹으면 쉽게 여자를 만날 수도 있다. 외로움보다 일상의 간섭을 더 참기 힘들어하는 경우가 대부분이다. 그래서 그들은 '지금까지 자유롭게 살아왔는데 굳이 이제 와서 어느 한 사람에게 묶여 간섭받고 구속받으며 살아갈 필요가 있을까?'라는 생각을 하기도 한다.

괜찮은 골드미스터는 괜찮은 여자와 썸을 탈 때, 좋은 관계를 되도록 오래 유지하고 싶어 한다. 자신이 동의한 적 없는 구속받는 관계를 남자는 흔쾌히 받아들이지 못한다. 반면 여자는 혼자서만 이 관계에 퐁당 빠져 허우적거리며 열심히 진도를 나가고, 목표점에 재빨리 도달하려 애를 쓴다. 동의를 구하지 않았어도, 동의하지 않았어도 이런 행동이 오고갔으면 이 정도 진도는 나가줘야 한다고 머릿속에 계산이 선다. 그런데 이때, 상대가 자신의 페이스를 못 맞춰주면 화가 나고 서운해한다.

매일 연락하면 일주일에 한 번은 만나야 하고, 두 번째 만났을 땐 가벼운 스킨십 정도는 해야 하며, 스킨십을 했으면 더 진도를 빼려 안달이 나야 하고, 더 나갔으면 이제 나의 일거수일투족을 궁금해하고, 내 한마디에 마음 쓰고 밤잠도 못 이뤄보고 해야 하는데, 남자는 일상을 너무나 잘 소화하고 있다는 데 서운한 마음이 들 것이다.

'이 정도 되면 이렇게 해야 하는 거 아냐?'라고 생각하는 데서부터 썸이라는 관계가 어긋나기 시작한다. 남자는 그렇게 계산적이지 못하다. 이 정도 했으면 이만큼, 이만큼 했으면 이렇게를 예상하고 계획대로 옮기지 못한다. 썸을 타자마자 당신이 그의 무엇이라도 된 것처럼 굴어선 안 된다. 관계를 관계^썸로 즐기지 못하고, 관계를 관계^{연인}로 설정하려고 하니 혼자 힘에 부치고 혼자 허우적거리는 것이다. 관계를 애써 끌고 가려 하지 마라. 관계의 시작은 유수풀을 둥둥 떠다니듯, 그렇게 물의 흐름에 몸을 맡기고 천천히 실려 가라. 아직은 깊은 물속으로 풍덩 뛰어들어야 하는 다이빙 찬스는 아니다.

사랑에 빠진 사람들은 그렇게 뛰어올라요.
날 수 있길 바라면서.
날지 못하면 바위처럼 떨어질 테고,
떨어지는 내내 생각하겠죠. 내가 왜 뛰었을까?
— 영화 〈Mr. 히치-당신을 위한 데이트 코치〉 중에서

썸이 연애로 바뀌는
타이밍을 캐치하라

"연락도 자주 하고, 헤어질 때 아쉬워하는 느낌도 들고,

가벼운 스킨십 정도는 꽤 자연스러워졌는데

이 남자 고백을 안 하네요."

– 38세, 의사

많은 여자들이 썸을 좀 탔다 하면 흔하게 하는 고민이다. 만약 20
대가 이런 고민을 하고 있다면 '그의 고백을 끌어내라'고 조언했을
것이다. 하지만 3545 싱글녀에게 그런 조언은 큰 의미가 없다. 20대
의 혈기왕성한 남자들은 그들 특유의 '정복욕'이 있다. 그래서 관심
있는 여자라면 어떻게 해서든 빠른 시간 안에 고백을 하고, 실패하
면 또 고백하길 반복한다. 그런데 여자에게 먼저 고백을 받게 되면

'정복욕'이 해결되기 때문에 금방 관계가 시들해지면서 또 다른 정복 대상을 찾곤 한다. 그래서 20대 여자에게는 먼저 고백하기보다 그의 고백을 끌어내기를 권한다.

하지만 30대 이상의 남자들은 정복욕에 사로잡히기보다 편안하고 안정된 연애를 선호한다. 불같이 타올라 상대를 정복하고 에너지를 일순간 쏟아 붓는 연애가 아니라, 천천히 감정을 주고받으면서 상황을 지켜본다. 그리고 이 여자가 얼마나 편안한 여자인지를 판단하는 데 온 감각을 집중하게 된다. 남자는 굳이 고백이란 걸 하고, '오늘부터 1일!'을 선언하는 게 영 어색할뿐더러 의미도 없다고 생각한다. 그래서 이 여자와 감정을 충분히 주고받았다 싶으면 구렁이 담 넘어가듯 스킨십으로 넘어간다. 아직 여자는 '오늘부터 1일'이 아닌데, 남자가 진도를 빼려 들면 부담스럽기도 하고 자신을 쉽게 대하는 것 같아 자존심이 상할지도 모른다. 이렇게 생각이 많은 건 여자들의 어쩔 수 없는, 그냥 본능인 것 같다. 명확하게 관계의 출발선을 긋는다는 의미에서 '오늘부터 1일'이 그렇게 중요한 것이라면, 굳이 말해줄 기미 없는 남자에게 그 말을 기다리지 말고 여자 쪽에서 먼저 하는 것도 나쁘지 않다.

그렇다면 썸이 연애로 바뀌는 가장 적절한 타이밍은 언제일까? 일반적으로는 스킨십을 기점으로 삼는다. 사실 우리가 한창 연애하던 어린 시절엔 사귄 지 며칠 만에 첫 키스를 했는지 얘기하곤 했다. 하지만 요즘 젊은 세대들은 첫 키스한 날부터 1일로 정한다고 너무나도 당연하게 말한다. 세대차를 이런 데서 느끼긴 하지만, 그 세대차를 극복하기 위해 우리도 연애 타이밍을 스킨십으로 정해보자.

다만 첫 스킨십 이후 바로 고백 타이밍을 잡으면 남자는 여자가 '몹시 서두른다'라고 판단한다. 굳이 그런 모습을 보일 필요는 없다. 따라서 적절한 고백의 타이밍은 두 번째 스킨십 이후가 제일 적당하다. 만약 '오늘부터 1일'을 정하지 않은 상태에서의 첫 스킨십이 잠자리까지 이어졌다고 해도, 일단 두 번째 스킨십까지 기다려라. 그렇다고 너무 오래 시간을 끌 필요는 없다. 남자가 비록 확신이 없는 시기라 해도, 이쯤 되면 나쁜 남자는 과감히 털어낼 필요가 있으니 눈 딱 감고 고백을 해보는 것이 좋다.

대신 고백을 할 때 남자의 의중을 떠보지 마라. "우리, 무슨 사이야?"라는 식보다 명확하게 '고백'이란 것을 해야 한다. '난 이 관계가 좋다. 당신과 더 특별한 사이가 되고 싶다. 그런 사이로 가고 있는 중이 맞냐. 지금 대답해도 좋고, 생각할 시간이 필요하대도 괜찮다. 기다리겠다'라는 의사를 분명하고 차분하게 전하고, 지금 바로 대답이 어렵다면 얼마나 기다리면 되겠는지 물어보라. 단, 너무 오래 끌진 말고 2~3일 안에 마음을 정해서 얘기해 달라고 부탁하라.

만약 진한 스킨십을 한 상황에서 그 시한을 사흘 넘어 일주일 이상 끌고 가는 남자라면 그건 신중함이 아니라 우유부단, 혹은 여자에게 진지한 관심이 없는 것이다. 그런 상황이라면 어떻게 해야 나쁜 남자가 되지 않고 멋있게 거절할 것인지를 고민하고 있을지 모른다. 그런 남자라면 백 번이고 떠나보내라. 그동안 고이고이 순결을 지켜온 것이 아니라면, 사실 남자만 나랑 잔 건 아니지 않나? 나역시 그 남자와 잔 것이니, 그냥 서로 즐겼다 생각하고 깔끔하게 잊어라.

때론 남자도 연애에 있어서 결정장애가 올 수 있고, 고백이 쑥스러울 수 있다. 그래서 여자의 피드백을 기다리고 있을 수도 있다. 지금까지의 연애사에서 그들은 대부분 먼저 고백을 했을 것이다. 오히려 그래서, 적절한 타이밍에 차분하게 고백을 해준 여자가 신선하게 느껴지고 고마울 것이다. 고백해야 하는 부담을 덜어 줬으니까. 남자가 중요한 결정을 앞두고 머뭇거릴 때 여자가 먼저 다가가 결정을 내려주고 선택권만 준다면 남자는 의외의 상황에 오히려 편안함을 느낄 수 있다. 묘한 감정선이 느껴졌고, 두 차례의 스킨십도 있었고, 편안하고 자연스럽게 가까워졌을 때, 바로 그때가 썸에서 연애라는 안정궤도에 진입하기 위한 최적의 고백 타이밍이다.

"사랑인지 알 수 있는 방법을 가르쳐줘요.
확실한 증거 같은 거……."
"우주가 얼마나 크죠?"
"끝이 없을 정도로……."
"그걸 어떻게 알죠? 그걸 본 적도 없으면서……."
"그걸 본 적은 없죠. 그렇기는 하지만 그렇다고 믿는 거죠."
"사랑도 똑같은 거예요."

— 영화 〈뷰티풀 마인드〉 중에서

117

이왕 탈 썸이라면
좀 더 괜찮은 썸남으로 골라 타라

사랑이란 택시 잡는 것과 닮아 있다.

기다려도 오지 않는……

택시가 지나가긴 하지만 빈 차는 없고……

이럴 때 제일 초조해진다.

저쪽 길로 가보면 혹시 잡힐까 싶어 무심코 딴 곳을 보면,

누군가가 잡아타고 가버린다.

암만 기다려도 오질 않고, 찾아봐도 오질 않고.

오지 않을 때는 오지 않는 것이려니……

아니, 오지 않는 사람에겐 오지 않는 건가 보다.

그렇게 포기하고 걸어가려 하면,

갑자기 여러 대의 택시가 무더기로 몰려온다.

– 일본 드라마 〈러브 레볼루션〉 중에서

택시는 목적지를 정하면 갈아타거나 여기저기 정차하지 않고 한 번에 이동할 수 있는 가장 편리한 교통수단이다. 물론 중간에 차가 막혀서 지하철로 갈아타야 하는 경우도 생기고, 차가 고장 나거나 접촉 사고가 나는 최악의 상황을 맞기도 하고, 기사님이 길을 잃고 헤맬 수도 있다.

썸도 마찬가지다. 중간에 서로 맞지 않아 한 명이 내릴 수도 있고, 합의하에 관계를 정리할 수도 있다. 또 사소한 오해로 연락이 끊길 수 있다. 누구와 어디까지 동행할지는 아무도 장담할 수 없다. 그렇다고 썸을 연애로 착각해 썸만 주야장천 타다가 인생의 귀중한 시간을 낭비해선 안 된다. 다만 비록 짧은 시간일지라도 인생의 일부분을 함께하는 관계인데 '아무나'일 순 없다. 실제로 많은 여자들이 이런 사람을 코앞에 두고도 그 문제의 심각성을 제대로 캐치하지 못한 채 썸에 빠져 버리는 경우도 허다하다. 내 곁의 그 사람이 어떤 사람인지 좀 더 면밀히 관찰할 필요가 있다.

아무 택시나 빨리 오는 걸로 잡아탈지, 예리하게 살펴보고 신형 세단을 골라 탈지, 모두 승객의 선택에 달렸다. 늦은 연애에 찬밥 더운밥 가릴 때가 아니라고 하기엔 분명 위험한 선택도 있다. 이왕이면 깔끔하고, 성능 좋고, 고장 나지 않을 것 같은 택시로 잡아타야 하지 않을까?

지금 당신에게 썸을 걸고 있는 남자, 어떤 유형인가?

절대 피해야 할 사람(×), 오해하기 쉬워 좀 더 지켜봐야 하는 사람(△), 괜찮은 사람(○)을 판단하는 기준을 제대로 숙지하고 있다면 남자 보는 안목을 키우기가 한결 수월해질 것이다.

일확천금을 꿈꾸는 남자 ×

재테크 목적으로 주식투자를 하는 남자들이 많다. 이때 자신이 가진 여유 자금으로 신중하게 투자하는지, 전 재산을 걸고 도박처럼 투자하는지, 감당도 못 할 빚을 얻어 투자하는지 확인해볼 필요가 있다. 절대로 부정적으로 얘기하지 말고, 주식투자에 관심이 있는 척 떠보는 것도 방법이다. 주식에 빠지면 한순간의 잘못된 투자로 빚더미에 올라앉거나 잘 다니던 직장을 관두고 집안에서 모니터만 쳐다보고 있는 경우도 비일비재하다. 복권을 대량 구매하거나 스포츠토토를 하거나 주말에 스크린 경마장을 찾는 남자들 역시 주의해야 한다. 과도한 투자나 투기의 유혹에 넘어가기 쉬운 스타일이다.

특정 커뮤니티에 빠진 남자 ×

취미나 정보를 공유하기 위해 만들어진 온라인 커뮤니티도 많지만 본래의 목적을 상실하고 사회적으로 심각한 문제가 되고 있는 커뮤니티들도 있다. 이들 커뮤니티 게시판에서는 익명성이라는 가면 뒤에 숨어 사회를 무조건적으로 비판하거나, 특정 정치색을 가장해 심각한 네거티브 발언을 일삼거나, 사회적으로 이슈가 되는 고인들을 몰상식하게 비하하거나, 여자를 특정 단어로 칭하며 무차별적으로 공격하기도 한다. 이런 커뮤니티 활동에 빠진 남자들은 게임처럼 중독돼 쉽게 벗어나지 못하고 현실 세계에서도 부정적 사고, 위험한 생각, 그릇된 판단을 하게 될 위험성이 높다. 실제로 게임 중독에 빠진 남자들 중에는 현실에서도 마치 왕이 된 양 함부로 지시하고 무시하는 등 게임과 현실을 혼동하는 경우도 있다. SNS를 통해 사진, 유머 등을 전송해줄 때 사회적으로 문제가 되는 몇몇 커뮤니티 출처는 아닌지 꼭 살펴보라. 문제의 커뮤니티에서 많은 시간을 보내는 사람이라면 만나지 않는 것이 현명하다.

연애 경험이 부족한 남자 △

연애 경험이 없는 남자들은 일종의 판타지를 가지고 있어 이성에 대한 기대치가 매우 높다. 그래서 실망도 잦고, 그로 인해 마음이 금방 바뀌기도 한다. 또 실전에서 체험을 통해 얻은 정보가 부족하기 때문에 리드하는 것을 부담스러워한다. 어쩌다 리드를 하게 되면 잘못된 선택을 내리는 경우가 많고, 그럴 때마다 여자의 눈치를

당신과 있을 때도
폰을 그냥 두지 못하고
계속 뭔가를 하거나,
전화가 왔을 때
누군지 확인만 하고
받지 않는 남자라면
재고의 여지가 없다.

본다. 이렇듯 자존심 상하는 상황에 종종 맞닥뜨리다 보니 여자를 만날 때 자존감이 낮아지고 주눅 든 모습을 보이기도 한다. 연애 스킬에 자신이 없는 탓에 사소한 트러블에도 날카롭게 반응할 수 있다. 이런 경우 대체로 여자 쪽이 좀 더 많이 배려하고, 신경 쓰고, 이해해야 한다. 하지만 전략적으로 여자를 들었다 놨다 하는 선수들과는 달리, 계산 없이 진술한 매력을 보여 준다는 장점도 있다. 다만 상대방을 충분히 이해하고 배려할 자신이 없다면 선택에 신중을 기해야 한다.

메시지에 반응이 느린 남자 ◯

3545 싱글녀의 상대는 10대, 20대 청춘이 아니다. 자기 일도 있고, 만나야 할 이도 많고, 신경 쓸 일도 많은 사람이다. 당신의 카톡에 매번 초스피드로 답문을 날린다면 오히려 어장관리남이 아닌지 의심해볼 필요가 있다. 여러 명의 여자를 관리하느라 폰을 끼고 사는 남자보다 자기 일이 바빠 메시지에 대한 반응이 느린 남자가 백번 낫다. 특히 연애 공백기가 길었거나 연애 경험이 별로 없는 남자의 경우에는 그동안 폰으로 알콩달콩 연락을 주고받은 적이 없어 익숙하지 않은 것일 수도 있다. 다만 이 모든 상황은 늦게라도 답장을 해주고, 단답형이 아닌 성의 있는 답문을 보낸다는 조건하에 이

해와 용서가 가능하다. 물론 당신과 있을 때도 폰을 그냥 두지 못하고 계속 뭔가를 하거나, 전화가 왔을 때 누군지 확인만 하고 받지 않는 남자라면 재고의 여지가 없다.

직장을 자주 옮기는 남자 ✕

직장을 1, 2년에 한 번, 짧게는 6개월에 한 번씩 옮기는 사람들도 간혹 있다. 당연히 이 남자에게 잘 구축된 커리어와 높은 연봉 따위는 기대할 수 없다. 메뚜기처럼 이리저리 직장을 옮겨 다닌다는 것은 무엇 하나 진득하게 해내질 못하고 책임감도 없는 사람이란 의미다. 이런 남자는 안 봐도 뻔하다. 연애도 진중하게, 책임감을 가지고 하기 어려운 사람이다.

술 좋아하는 남자 △

남자들 대부분은 술·담배, 도박, 여자 중 한 가지는 선호하거나 즐긴다. 셋 다 즐기는 사람도 있을 테고 술과 도박, 술과 여자를 즐기는 사람도 있을 것이다. 하지만 셋 중 어느 것에도 관심 없는 남자는 극히, 아주 극히 드물다. 회원들과 상담해 보면 30대 돌싱녀, 특히 결혼해서 함께 유학을 떠났던 여자들 중에는 남자의 도박 때문에 이혼한 경우가 많고, 40대 돌싱녀들은 남자의 외도 때문에 이혼한 경우가 많다. 상담 경험에 비춰, 굳이 한 가지를 선택하라고 한다면 그래도 술이 낫다고 말하고 싶다. 도박은 집안이 망하고, 외도는 부부가 망하지만, 술은 남자만 몸이 망가지므로 배우자인 나에게 손해가 덜하기 때문이다. 따라서 술 먹고 정말 감당하기 힘들 만큼 심각한 주사가 있는 경우가 아니라면 만남을 고려해 봐도 좋다. 물론 어떤 것이든 깊이 빠지는 것은 문제가 있다.

여자의 경제력에 지대한 관심을 보이는 남자 ✕

여자의 연봉이 어느 정도인지, 지금까지 얼마나 모아 뒀는지, 결혼하면 돈을 어떻게 관리할 것인지, 결혼한다면 어느 정도를 해올 수 있는지 등을 은근슬쩍 물어보는 남자는 두 부류다. 여자 덕을 보고 싶어 하는 부류, 아니면 자기 돈은 절대 풀지 않겠다는 부류다. 인간관계를 시작할 때 서로의 경제력이 어느 정도인지 체크해 보는 것과 경제력에만 초점을 두는 것에는 엄청난 차이가 있다. 머릿속에 상대방에 대한 인간적 관심보다 계산기가 꽉 들어찬 남자라면 사람을 찾는 게 아니라 조건을 찾는 것이다. 이런 부류는 더 좋은 조건의 여자가 나타나면 언제든 떠날 남자다. 한 가지 슬픈 사실은 요즘 남자들이 선호하는 여자의 조건 1순위가 경제력이라는 것이다.

함께 있을 때 다른 사람에게 불같이 화내는 남자 ✕

식당 종업원, 노인, 여자, 자신보다 낮은 연배의 사람 등 남자가 생각하는 약자를 대하는 방식을 유심히 살필 필요가 있다. 더구나 여자와 함께 있는 상황에서 그들에게 불같이 화를 내는 남자라면 한번쯤 재고해 봐야 한다. 비록 화를 낼 만한 정당한 이유가 있다 할지라도 함께 있는 사람을 배려할 줄 모르는 남자이기 때문이다. 그리고 언제라도 내게 똑같은 방식으로 화낼 수 있는 남자라는 얘기다. 잘 차려진 밥상을 기분에 따라 한 방에 뒤집어엎을 수 있는 남자가 아닌지 잘 살펴보라.

행동보다 말이 앞서는 남자 ✕

별도 달도 따줄 듯, 행동보다 말만 앞서는 남자는 책임감이 없는 타입이다. 하지만 '말이' 앞서는 것과 '말만' 앞서는 것은 차이가 있다. 전자는 자신이 뱉은 말을 결국 행동으로 보이는 사람이고, 후자는 립서비스만 하는 사람이다. "난 정말 자기를 매일매일 만나고 싶은데……. 어제도 미치게 보고 싶었지만 어젠 야근, 오늘은 친구 모임. 대신 내일 만나면 자기가 원하는 대로 다 할게"라는 식으로 말이다. 당연히 후자를 선택해선 안 된다. 말만 앞서는 남자는 결정적 순간엔 꽁무니를 빼게 돼 있다.

청순한 여자를 고집하는 남자 △

대체로 연애 경험이 없는 남자들은 청순가련형의 여자를 고집하는 경향이 있다. 오랜 시간 남자의 마음속에는 '여성성=청순함'이라는 공식이 자리 잡고 있었을 테니, 그 틀을 한번에 무너뜨리기란 쉽지 않다. 자신은 청순가련형이 아니지만 절대 놓칠 수 없는 남자라면 청순가련형을 연출하는 것도 방법이다. 사실 청순하고 가련한 3545 싱글녀가 대한민국에 얼마나 되겠는가. 결국 스타일링이 이미지를 만들어 주는 것이다. 그렇다고 화장기 없는 파리한 얼굴이 청순미라고 착각해선 안 된다. 과한 스모키나 섹시한 의상, 중성적인 스타일을 벗고 내추럴한 메이크업에 여성성을 돋보이게 하는 의상을 매치, 아울러 적당한 내숭은 필수다. 되든 안 되든, 일단 노력이라도 해봐야 할 것 아닌가.

외모에 대한 칭찬을 계속하는 남자 ✕

"내 눈엔 네가 제일 예뻐!" 듣고 있자니 손발이 오그라들어 없어질 것 같은 대사를 눈 하나 깜짝 않고 치는 남자. 그리고 이런 식의 칭찬을 계속해서 늘어놓는다면 그는 당신의 외모에만 관심이 있는 남자다. 이런 남자들은 외모 찬양 대사를 치면 여자들이 좋아한다는 것을 이미 알고 있다. 뻔한 수법에 넘어갈 나이는 지났다. 내가 몰랐던 나의 장점을 찾아 칭찬해 주고, 나의 마음 씀씀이를 높이 평가해 주고, 나의 생각을 응원해 주는 남자를 찾아라. 립서비스에 강한 남자는 '소기의 목적?'을 달성하거나 외모에 대한 흥미가 떨어지는 순간 광속으로 떨어져 나갈 남자다. 물론 연애에는 적당한 스킬도 필요하지만, 결국 중요한 것은 스킬이 아니라 진심이다.

남성우월주의자 △

여자는 기본적으로 남자에게 보호받고 싶어 하는 심리를 갖고 있다. 이런 여자의 심리를 겨냥해 듬직한 남성적 이미지를 어필하는 경우가 많다. 하지만 개중에는 남자와 여자를 대등한 관계가 아닌 종속 관계나 상하 관계로 여기는 남자들도 있다. 이들은 지배적인 성향을 보이는 것은 물론이고 폭력적이거나 강압적인 모습까지 내비치는 경우도 있다. 농담으로라도 "남자한테 어딜……", "내가 남자니까", "어디서 여자가……" 등의 발언을 쉽게 내뱉는 남자라면 폭력성 여부를 반드시 살펴보고, 가정환경도 체크해볼 필요가 있다. 단순히 남성성을 강조하려는 것이라면 별 문제가 아니지만, 가정폭력의 그늘에서 자란 남성우월주의자라면 희망이 없다.

검은 정장 구두에 흰색 스포츠 양말을 신고, 청바지에 청재킷을 입는 게 가장 어려 보인다고 생각하고, 그해에 유행하는 컬러나 패션 아이템에 무지하고, 청바지에 정성스럽게 광을 낸 구두를 매치하고, 상의는 반드시 하의 속으로 넣어 허리띠를 꽉 졸라매야 하고, 머리부터 발끝까지 깔맞춤을 하고, 왜 체크 셔츠에 체크 바지를 입으면 안 되는지 모르고, 휴대폰과 지갑 등 소지품을 넣은 명품 브랜드의 일수 가방을 옆구리에 끼고 다니는 남자……. 정말 아무 상관 없다. 그게 너무 거슬린다면 당신이 하나하나 바꿔주고, 사주고, 코치해 주면 된다. 만약 패션 테러리스트 스타일을 끝까지 고집하는 사람이라면 그가 가장 멀쩡하게 입고 나온 날, 침이 마르도록 칭찬하라. 굳이 바꿔주지 않아도 남자 스스로 칭찬받는 스타일을 배워 갈 것이다.

지리를 잘 아는 남자 ◯

흔히 지리를 잘 아는 남자는 선수, 바람둥이라고 한다. 교외 어느 한적한 골짜기에 덩그러니 자리 잡은 음식점을 남자들끼리 가봤을 리는 없고, 여자와 그만큼 여기저기 누볐다는 얘기다. 하지만 그게 나쁘다고 볼 순 없다. 나이도 좀 찼고, 연애도 해볼 만큼 해봤는

데 괜찮은 맛집, 근사한 드라이브 코스 하나 모른다면 연애에 그만큼 소극적인 남자라는 증거일 수도 있다. 3545 싱글녀가 만날 연령대라면 연애 경험이 없는 남자보다 연애 경험이 풍부한 남자가 훨씬 더 편하고, 제대로 된 연애를 할 가능성이 높다.

허세가 있는 남자 ◯

여자에게 내숭이 있다면 남자에겐 허세가 있다. 지나치게 솔직하고 털털한 여자가 매력 없듯이, 지나치게 자존감 낮고 주눅 들어 있는 남자도 매력 없긴 마찬가지다. 겉으로 강한 척, 있는 척하는 허세나 좀 과장되게 말하는 허풍은 정도의 차이만 있을 뿐, 남자라면 누구나 갖고 있다. 특별한 목적이 있어서 허세와 허풍으로 상대를 속이는 것만 아니라면 크게 문제 될 것 없다. 나에게 잘 보이고 싶은 마음에서 부리는 허세는 그냥 귀엽게 봐주자.

사랑이란 택시 잡는 것과 닮아 있다.
기다려도 오지 않는……
택시가 지나가긴 하지만 빈 차는 없고……
이럴 때 제일 초조해진다.
저쪽 길로 가보면 혹시 잡힐까 싶어 무심코 딴 곳을 보면,
누군가가 잡아타고 가버린다.

그가 보내는 신호, 이건 썸이다

늦은 밤 정적을 깨는 주기적 카톡

그저 평범한 대화지만 항상 비슷한 시간에 항상 남자에게 먼저 연락이 온다면 이게 바로 말로만 듣던 썸인가 싶다. 하지만 중요한 것은 먼저 연락 온다는 점이 아니다. 얼마나 주기적으로 연락이 오느냐다. 만약 그가 친구들과 있거나 야근으로 바쁠 때도 짬짬이 연락을 한다면 확실한 썸이다. 남자와 연락을 주고받을 때, 특히 문자나 SNS 등으로 연락할 땐 펜팔과 러브레터를 잘 구분해야 한다. 외로울 때 찾는 건지, 관심이 있어 다가오는 건지를 파악하라는 얘기다. 바쁘고 여럿이 있을 때도 지속적으로 찾는다는 건 그 시간보다, 그 사람들보다 내가 중요하다는 의미다.

집으로 가는 길에 누군가에게 전화 한 통 걸고 싶은 마음이 든다는 건 남자도 외롭다는 것이다. 그때 남자는 가장 편안한 여자를 찾는다. 설렘이 더해진 썸녀라면 더욱 좋을 것이다. 시시콜콜 자신의 상황을 보고하고, 지금 뭘 하고 어딜 갔다 돌아가는 길인지 상세하게 보고한다면 긍정적 반응으로 봐도 좋다. 원래 대부분의 남자는 전화를 잘 하지 않는다. 특히 30대 중반을 넘은 남자라면 긴 통화를 지겨워하는 것이 정상이다. 한 가지 예외는 연애 초기다. 남자는 이 시기에 전화 통화를 하며 더 많은 것을 듣고 전하려 한다. 일단 남자가 자주 통화를 원한다면 썸보다 더 확실한 연애 초기로 봐도 좋다.

뭔가 자연스러운 대화 주제를 찾아야 한다는 것이 썸남들의 고민거리 중 하나다. 가장 자연스럽게 말을 걸 수 있는 건 날씨 얘기다. 하지만 밑도 끝도 없이 전화로 날씨 얘기를 꺼내는 것보다 SNS의 프로필 사진으로 말을 거는 게 가장 자연스럽다고 생각하는 것이 남자다. 조금 진부하긴 하지만 남자들은 단순해서 그게 진리라고 생각한다. 중요한 건 이 남자가 지금, 어떻게 해서든 당신과 소통하고 싶어 한다는 것이다.

Part 3

못된 남자는 피하고
괜찮은 남자를 픽업하는
연애 공략

love

알아도 모르는 척,
연륜을 드러내지 마라

love

"사진 동호회에서 만나 이제 막 연인이 된 커플이죠.
같은 취미 덕분에 데이트는 언제나 즐거워요.
그런데 얼마 전 그의 집에 놀러 갔다가
그가 찍은 사진들을 보며 저도 모르게 몇 마디 훈수를 뒀어요.
이제 막 사진에 입문한 그에게 아는 척 좀 한 거죠.
그랬더니 그 사람이 갑자기 짜증을 심하게 내는 거예요.
제 딴에는 큰맘 먹고 제가 터득한 스킬을 가르쳐준 건데
어찌나 무안하던지…… 귀까지 다 빨개졌어요."

— 38세, 교사

"저희는 사내 커플인데 비밀 연애 중이거든요. 저는 팀장이고 연하인 남자친구는 아직 대리예요. 직장에서 보내는 시간이 대부분인데 연인 티를 낼 수 없으니 당연히 상사로서 그를 대하죠. 그런데 직장에서의 상하 관계가 밖에서까지 이어지는 경우가 가끔 있어요. 저도 모르게 자꾸 지시하는 말투를 쓰는 거죠. "에이~ 이걸 왜 이렇게 해. 내가 다 해봤는데, 그거 그렇게 하면 절대 안 돼. 이렇게 해야지. 다시 해봐", 이런 식으로요. 그런데 어느 날 남자친구가 작작 좀 하라고, 나이 먹은 거 티 내나며 버럭 화를 내더라고요. 바로 사과를 하긴 했는데 저도 남자친구의 말에 상처받긴 했어요."
– 43세, 아트디렉터

직업적인 사명감이랄까, 평소에 나는 의식적으로 많은 싱글 남녀를 만나려 노력하는 편이다. 만나면 그들에게서 최대한 많은 얘기를 끌어내려 하고, 도움이 되는 정보를 주거나 성심껏 상담을 해주기도 한다. 알음알음으로 여럿이 술자리 모임을 갖는 날이면 싱글녀들은 기다렸다는 듯이 연애 상담을 해온다. 썸 타는 남자 얘기, 헤어진 남자 얘기, 연애 중인 남자에 대한 고민, 솔로의 외로움 등 숱한 스토리가 펼쳐진다. 서두에 소개한 두 명의 싱글녀도 어느 술자리에서 각자의 연애 고민을 털어놨는데, 우연하게도 문제의 시작점이 똑같은 케이스였다.

사람은 나이가 좀 들고 어느 정도 연륜이 쌓이면 다른 이들에게 자신의 경험이나 지식을 드러내고 싶어 한다. 틈만 나면 가르치려 드는 이른바 '꼰대 기질'이 후천적으로 발현되는 것이다. 이 꼰대 기질은 원래 나이 든 남자들의 전형적인 특징 중 하나였지만, 요즘은 사회 경험이 많은 3545 싱글녀들에게서도 심심찮게 나타난다. 이는 똑똑한 여자들의 함정이기도 한데, 특히 썸남이나 남친에게 그런 태도를 보였다가 예기치 않은 트러블이 발생하곤 한다.

물론 남자를 아끼는 마음에서 걱정하고 당부하고 코칭하려는 것이겠지만, 의도가 아무리 좋을지라도 받아들이는 남자 입장에서는 기분 좋을 리 없다. 문제는 단순히 잠깐 기분 상하는 데 그치는 것이 아니라 '아, 이래서 나이 많은 여자랑 사귀면 피곤한 거구나'라고 생각하게 된다는 것이다. 우리나라 남자들은 군대, 학교나 고향 선후배, 회사 부서 등 남자들로만 이뤄진 조직이나 집단을 통해 상명하복 문화를 지긋지긋할 만큼 경험해 왔다. 선배, 고참, 상사들에게 잔소리 듣고 지적당하고 기합받으며 긴장 속에 살아온 인생이라고 해도 과언이 아니다. 그런데 모처럼 긴장을 풀고 함께 느긋한 시간을 즐기려던 참에 여자친구에게까지 '지적질'을 받게 되니 화가 치솟을 수밖에 없는 것이다.

30대 초반만 해도 자기 일을 가진 싱글녀들은 능력 있고 당당하며 독립적인 커리어우먼, 즉 긍정적인 이미지로 평가된다. 하지만 30대 중반이 넘어가면서부터는 깐깐하고 자기주장이 강하며 드세고 피곤한 올드미스, 즉 부정적 이미지가 덧씌워지곤 한다. 오랜 사회생활로 차곡차곡 쌓인 경험, 자기관리에 대한 압박, 뭐든 혼자서 헤쳐 나가야 하는 현실, 그런데 또 막상 해보니 되더라는 자신감으로 3545 싱글녀들은 똑똑하고 강해졌다. 자신의 의사결정이 중요해지는 순간들이 늘어나고, 일부터 생활까지 대부분을 혼자 판단하고 해결해야 하는 현실에 얼마간 자기중심적인 성향을 갖게 되는 것도 어찌 보면 당연하다. 다만 여기에 '아는 척'이 더해지면 나이 든 싱글녀에 대한 부정적 선입견이 확신으로 바뀌고 마는 것이다.

남자들이 원하는 여자는 자기보다 지적이고, 경험 많고, 똑똑한 여자가 결코 아니라는 사실을 가슴과 머리에 새기고 또 새겨라. 설령 연하의 남친일지라도 20대가 아닌 이상 자기 여자보다 잘나고 싶어 하는 것이 남자다. 남자들의 이런 욕구를 반복적으로 차단하고 무시하다 보면, 남자는 불쑥 짜증을 내거나 자신이 비교우위가 있는 분야를 끌고 들어와 더 혹독하게 가르치고 더 지겹게 자랑하며 우월함을 증명하려 들 것이다. 게다가 나이 들수록 호르몬의 변화로 인해 여자는 남성성이, 남자는 여성성이 조금씩 농도를 높여 간다. 따라서 나이가 들면 남자들에게 기본 탑재된 가르침과 자랑 욕구에 소녀 감성까지 더해져 '토라짐과 삐침'이라는 당황스러운 반응을 보이게 된다. 한마디로 피곤하고 괴로워지는 것이다.

연륜이라는 또 다른 '민증'을 꺼내 남자들의 가르치고 싶은 욕구, 자랑하고 싶은 욕구를 짓밟지 말고 알아도 모르는 척, 그냥 넘어가 줘라. 그에게 출발이나 정지를 제어하는 신호등이 되거나, 유턴하라고 압박하는 내비게이션이 되지 마라. 그가 알아서 꽃을 피우고, 잎을 틔우고, 열매 맺을 수 있도록 흔들림 없이 중심을 잡아주는 든든한 뿌리 역할이면 충분하다. 그게 새파랗게 어리기만 한 여자와 당신의 클래스를 차별화시키는 진짜 연륜이다. 고가의 아이크림 한 통보다 당신의 나이를 드러내지 않고 아름다움을 관리하는 데 훨씬 더 효과적일 것이다. 또한 그것이 괜찮은 남자와 오래오래 연애할 수 있는 비결이며, 괜찮은 남자를 유치하게 만들지 않는 방법이다.

남자들이 원하는 여자는 자기보다 지적이고,
경험 많고, 똑똑한 여자가 결코 아니라는 사실을
가슴과 머리에 새기고 또 새겨라.
설령 연하의 남친일지라도 20대가 아닌 이상
자기 여자보다 잘나고 싶어 하는 것이 남자다.

자고 싶은 여자가 아니라
갖고 싶은 여자가 돼라

love

　남자에게 20대 여자와 30대 후반의 여자는 어떻게 다를까? 냉정하게 말해서 남자에게 떨림과 기대, 흥분, 설렘을 심어줄 수 있는 폭발력은 20대 여자가 압도적이다. 물론 남자의 취향이나 여자의 '상태?'에 따라 차이는 있겠지만, 20대가 파릇파릇하고 촉촉 풋풋하고 생기발랄한 건 부인할 수 없는 사실이다. 우리도 그 시기를 거쳐오지 않았던가.

　라인이 살아 있고 참 예뻤던 그 시절에는 혈기왕성한 또래 남자들부터 꼬꼬마 동생, 30~40대 연상남까지 모두 우리를 '갖고 싶어'했다. 그리고 우리는 기꺼이 누군가의 소유가 되기도 했었다. 청춘의 연인들은 스스럼없이 '넌 내 거, 난 네 거'라는 말을 쓰곤 한다. '누구의 것'이란 말은 갖고 싶은 사람을 가졌다는 의미로, 공유가 아닌 자기만의 소유권을 주장하는 것이다.

그런데 찬란한 20대를 지나 30대 중반이 꺾인 지금, '누군가 날 갖고 싶어 한 적이 있었던가?'를 생각해 보라. 나이가 더해질수록 '네가 내 것이었으면 좋겠다'라는 뜻이 담긴 '널 갖고 싶어'보다는 '너랑 자고 싶다'라는 의미가 담긴 '널 갖고 싶어'에 더 익숙해진다. 남자에게 자고 싶은 여자란 딱 그 정도 의미다. 말 그대로 그냥 섹스만 즐기는 상대일 수도 있으며, 그런 상대는 맘만 먹으면 얼마든지 찾을 수 있다. 하지만 갖고 싶은 여자의 의미는 전혀 다르다. 곁에 붙잡아 앉혀두고 누구도 넘보지 못하게 하고 싶은, 오직 나만의 것이길 바라는 알찬 소유욕이 담겨 있다. 남자는 갖고 싶은 여자랑은 당연히 자고 싶어 한다. 하지만 자고 싶은 여자라고 해서 갖고 싶은 건 아니다. 남자는 아무하고나 잘 순 있어도 아무나 갖고 싶어 하진 않기 때문이다.

결국 남자의 온전한 마음을 얻는다는 것은 '자고 싶은 여자'가 아니라 '갖고 싶은 여자'가 된다는 의미다. 20대 여자가 떨림, 기대, 흥분, 설렘을 무기로 남자의 소유욕을 자극한다면, 3545 싱글녀는 세상과 인생을 바라보는 성숙한 시각, 남자에 대한 이해, 남다른 문제 해결 능력, 가끔씩 보이는 반전 매력, 보채고 떼쓰는 어린 것들과 차별화되는 상냥함과 배려심으로 어필해야 한다. 세월이 변하면서 남자도 변한다. 20대 남자는 눈에 보이는 떨림과 흥분에 집중했다면 30~40대 남자는 이해와 편안함, 배려를 원하며 싫증나지 않는 여자를 곁에 두고 싶어 한다.

그렇다면 3545 싱글녀들도 20대의 연애관을 고수해선 안 된다. 의외로 많은 싱글녀들이 무슨 지조라도 지키듯 20대의 연애관을 그대로 지키고 있다. 세월이 흐르고, 사람도 변했건만 연애관만큼은 아직 20대에 머물러 있는 것이다. 당연히 남자가 여자에게 베풀어야 하고, 보호해 줘야 하고, 힘든 일은 알아서 해줘야 하고, 한걸음 양보해야 한다고 생각한다. 그러나 세월이 흐르고, 남자도 변했고, 그의 연애관은 바뀌었다. 늘 솔선수범 '오빠 마인드'로 뭔가를 베풀고, 해주고, 양보했던 오빠들도 이제 힘들고 피곤하다. 여자가 좀 챙겨주고, 알아서 해주고, 이해해 주면 좋겠다고 생각한다.

상황이 이런데도 변화를 거부하고 달라지려는 시도조차 하지 않는다면 남자가 갖고 싶어 하는 여자는 될 수 없다. 물론 '왜 꼭 남자의 바람에 맞춰주고, 갖고 싶은 여자가 되기 위해 노력해야 하는데?'라고 생각한다면, 그 또한 OK다. 그런 노력 없이도 연애만 잘하는 능력자이거나 그런 노력을 하느니 평생 혼자 살겠다는 주의자라면 애당초 이 책을 펼치지도 않을 테니까.

아무튼 갖고 싶은 여자와 자고 싶은 여자를 또 다른 각도에서 설명해 보자면 갖고 싶은 여자는 인생을 함께하고 싶은 사람, 자고 싶은 여자는 순간만 즐기고픈 사람이라고도 할 수 있다. 물론 여자에게도 갖고 싶은 남자와 자고 싶은 남자가 다를 수 있고, 자고 싶은 남자에게 자고 싶은 여자가 되는 매칭도 얼마든지 가능하다. 단, 어느 경우든 갖기 쉬운 여자, 나아가 자기 쉬운 여자로 보이진 말자.

남자한테 바라기만 하는 연애는 20대에 해봤으니 됐다. 이젠 남자가 원하는 걸 맞춰주고 먼저 해주려 노력해 보자. 억지로 꾸미고 애쓰라는 말이 아니다. 이미 당신에게 있는 모습, 당신이 주변 사람들에게 보이는 배려와 성숙함을 남자에게도 보이란 얘기다. 만나기로 한 친구가 늦으면 혼자서도 잘 기다리면서 남자가 늦으면 불편한 기색을 드러내고, 남들에겐 그렇게 너그러우면서 남자한테는 인색하게 굴고 투정 부리는 짓은 하지 말자. 물론 나이를 먹어도 마인드는 젊음을 유지해야 한다. 그러나 연애관이 20대에 머물러 있다는 건 미성숙의 증거일 뿐이다.

20대 여자가 떨림, 기대, 흥분, 설렘을 무기로
남자의 소유욕을 자극한다면, 3545 싱글녀는
세상과 인생을 바라보는 성숙한 시각, 남자에 대한 이해,
남다른 문제해결 능력, 가끔씩 보이는 반전 매력,
보채고 떼쓰는 어린 것들과 차별화되는
상냥함과 배려심으로 어필해야 한다.

내가 뭘 알아냈는지 알아?
'금요일 밤을 누구랑 보내고 싶은가'가 아니라,
'토요일 하루 종일 누구랑 보내고 싶은가'야.

– 영화 〈프렌즈 위드 베네핏〉 중에서

147

애교가 어렵다면
애교의 정의부터 바꿔라

love

"저는요, TV에서 남주 여주가 애정 표현하는 것도 잘 못
보겠어요. 보기만 해도 막 닭살 돋거든요. 한번은 신혼인 친구가
남편이랑 통화하는 걸 들었는데, 지 이름을 지가 막 부르는
거 있죠. "OO는 지금 밥 먹는 둥이에염~" 이런 식 있잖아요.
세상에! 서른일곱이나 먹어서도 그런 게 가능한가 봐요."

애교 없기로 유명한 여성 회원 K. 미팅에서 만난 남자가 K의 무
뚝뚝함을 하소연하기에 K에게 좋은 인연이 될 것 같으니 조금만 애
교 있게 행동해 보라고 제안했다. K는 말이 끝나기가 무섭게 자신
은 그렇게 절대 못 한다며 펄쩍 뛰었다.

사랑하는 사람들끼리 주고받는 교감 중에서도 타고나야만 완벽

하게 구사할 수 있다는 고급 스킬이 바로 '애교'다. 흔히 애교는 당연히 여자들의 몫이라고 생각하지만, 의외로 남자들의 치명적인 애교도 종종 목격된다. 남자든 여자든 달달한 연애 상태라는 것을 자각하는 데 애교만큼 확실한 것도 없다.

그런데 연륜과 커리어가 쌓이는 동안 애교의 내공도 쌓였으면 좋으련만, 없는 사람에겐 또 한없이 없는 게 애교다. 애교는 앞에서도 말했지만 어느 정도는 타고나야 하는 것이다. 더욱이 애교와는 담쌓고 지내왔거나 TV나 영화 속 애정 표현에도 닭살 돋는 정도라면 무리하게 애교를 부렸다가 오히려 역효과만 날 수 있다.

만약 3545 싱글녀가 수십 년 동안 연마한 애교를 새로운 연인에게 제대로 시전할 수만 있다면 나이 정도는 우습게 커버할 수 있다. 더 나아가서 낮에 일할 땐 한없이 깐깐하다가도 저녁엔 애콧덩어리로 돌변하고, 밤에는 화끈한 원숙미를 보여 준다면 넘치는 반전 매력으로 확실하게 남자를 휘어잡을 수 있다. 남자들은 '낮에는 귀요미 밤에는 섹시미'를 원한다는 말도 있다. 귀엽고 애교 있는 여자, 더구나 반전 매력을 갖춘 여자를 마다할 남자가 어디 있겠는가. 웃음기 쫙 뺀 '킹스맨' 같은 남자들도 여자의 애교 앞에서는 살살 녹게 마련이다.

이렇게 남자들이 애교를 좋아하는 이유는 '애교=여성성'이라는 공식이 통하기 때문이다. 그렇다! 또 나왔다, 여성성. 하지만 어쩌겠는가. 남자들이 공통적으로 원하는 것이 여성성 그득한 여자이고, 그런 여성미의 또 다른 이름이 애교라면, 기본 옵션은 장착해야 할 것 아닌가.

그런데 '애교'라는 것이 꼭 '콧소리'라는 스테레오타입으로 국한되는 것은 아니다. 생각해 보라. 남자들이 가장 싫어하는 여자의 모습이 무엇일 것 같은가? 바로 무뚝뚝한 모습이다. 그늘진 얼굴, 무표정, 저음의 단답형 대답, 인색한 리액션, 잘 웃지 않거나 어쩌다 웃어도 활짝 웃지 않는 모습…… 상상만 해도 숨 막히고 맥이 풀린다. 남자들이 이런 모습을 워낙 좋아하지 않다 보니, 상대적으로 부드럽고 웃음 많고 편안한 여성의 모습을 종합해서 '애교'라고 하는지도 모른다. "난 닭살 돋는 애교는 도저히 못 부리겠다. 남자에게 잘보이려고 그렇게까지 해야 하나?"라고 항변한다면 어쩔 도리가 없다. 하지만 약간의 애교조차 영영 시도해 보지 않는다면, 대부분의 남자는 당신을 향해 서행하다가 정지를 눈앞에 둔 지점에서 쌩하니 지나쳐 버릴 것이다.

물론 뭐니 뭐니 해도 애교의 기본은 귀염 돋는 손짓발짓에 어깨를 흔들흔들, 고개를 까딱까딱하며 콧소리를 발사하는 것이긴 하지만, 정 어렵다면 남자들이 원하는 모습만 공략해도 좋다. 일종의 교란작전인데, 여성성과 잘 웃는 모습을 결합하면 얼핏 애교로 착각할 수도 있다. 그리고 동서고금을 통틀어 어떤 남자든 무릎 꿇릴 수 있다는 전설의 세 마디만 기억하라. "정말요?", "진짜요?", "대단해요!" 지금 당신의 말에 집중하고 있고정말요?, 당신의 매력에 놀랐으며진짜요?, 당신을 새롭게 봤다대단해요!는 인정까지 더해주면 남자는 맞은편에 앉은 당신에게 자신의 매력이 통했다고 생각한다. 게다가 화려한 리액션을 곁들였으니 자연스럽게 당신은 남자를 존중할 줄 아는 여자가 된 것이다. 내 말이 의심스럽다면 지금 당장 주변에 있는 남자들에게 물어봐도 좋다. 어쩌겠는가? 남자란 이렇게 여자의 피드백을 갈구하는 단순한 동물인 것을.

칭찬,
더 좋은 남자로 만드는 기술

회원 C는 30대 중반의 변호사로 남자들이 선호하지 않는 작은 키에 강한 인상을 지녔다. 첫인상만 보고 남자들이 애프터를 신청하지 않는 케이스지만 대화를 하면 할수록 부드럽고 매력적인 그녀의 강점을 최대한 발휘할 수 있도록 연애 코칭을 해줬고, 끊임없이 미팅을 주선했다. 그녀에게 아홉 번째로 소개해준 남자 W는 집안도 좋고 스펙도 좋은 연구원으로 인물 또한 준수했다. 다만 성격이 좀 까칠하고 무뚝뚝한 구석이 있었으나, 그녀의 다정다감함이 포용해줄 것이라는 확신에 두 사람의 만남을 주선했다. 예상대로 그녀는 그의 얘기에 집중했고, 그의 말에 조곤조곤 칭찬을 아끼지 않았다. 두 사람은 헤어지면서 애프터를 약속했고, 얼마간의 썸 끝에 교제를 시작하게 됐다. 나중에 W는 이런 말을 들려줬다. "매일 바쁘고 지겨운 일상에 지쳐 있을 때, 내 얘기에 귀를 기울여 주고 칭찬을 해주는 그녀가 참 예뻐 보였습니다. 든든한 내 편을 얻은 기분이라, 지금은 무엇보다 일이 정말 즐거워졌습니다."

사나이는 자신을 알아주는 이를 위해서라면 목숨도 거는 존재라고 했던가. 위의 사례에서 보듯이 실제로 남자들은 사소한 칭찬 한마디에 다른 사람이 되기도 한다.

썸 타던 그가 일단 내 남자가 되면 기쁨도 잠시, 그의 단점과 나랑 안 맞는 부분들이 하나씩 눈에 들어오기 시작한다. 리모컨을 코앞에 두고도 채널 좀 돌려보라 시키고, 밥 먹고 산책하자면 소파와 한 몸이 되어 드러눕기 바쁘고, 사람 많은 곳을 끔찍하게 싫어하고, 생리 현상에 대해 조금의 부끄러움이나 쑥스러움도 없다. 소녀 감성 폭발하듯 수시로 짜증을 내고, 때론 불같이 화를 내고, 신경질은 참…… 혼자 보기 아깝다. 자존심과 고집은 어찌나 센지 한번 결정하면 잘못된 걸 알면서도 일단 '고!'다. 남자들이 이렇게 슬슬 본성을 드러내며 편해지는 순간, 여자들은 그가 지긋지긋해지기 시작한다.

글로벌 코스메틱 기업 메리케이의 창립자 메리케이 애시는 "인간이 섹스와 돈보다 원하는 두 가지는 인정과 칭찬이다"라고 말했다. 남자가 지금처럼 편안하다 못해 무례한 행동을 하게 된 데는 당신의 책임도 있다. 남자가 당신에게 시간과 정성을 쏟고 노력했다면

당신은 날
더 좋은 사람이 되고 싶게
만들어요.

– 영화 〈이보다 더 좋을 순 없다〉 중에서

반드시 칭찬을 해주고 인정해 줘야 한다. 남자는 아무리 나이를 먹어도 아이 같은 구석이 있다. 칭찬에 우쭐해하고 인정에 으쓱해지는 게 남자다. 그리고 자신의 행동에 칭찬과 인정이 따라오면 물질적인 보상이 없어도 충분히 대가를 받았다고 생각한다.

만약 그가 당신에게 여러모로 투자하고 호의를 베풀었음에도 당신이 그 호의를 당연하게 여기고 칭찬이나 인정을 생략한다면 어떻게 될까? 그는 의미 없는 노동을 했다고 여길 것이고, 앞으로 다시는 이런 수고를 하지 않겠노라 다짐할 수도 있다. 사실 그 노력의 대가는 값비싼 것도, 어려운 것도 아니다. "당신 정말 대단하다!", "어떻게 이런 생각을 했어?", "당신은 정말 좋은 사람이야"라는 칭찬한마디면 된다. 이런 표현이 쑥스럽고 어색하다면 활짝 웃으며 '엄지 척!'이라도 꼭 해주자. 이런 표현이 더해지다 보면 남자는 다음에 또 인정을 받고 싶어서 다시 헌신하게 된다. 그리고 어느새 당신에게 더 잘하려 노력하는 남자가 돼 있을 것이다.

칭찬은 남자를 변하게 한다. 남자를 가장 빨리, 가장 확실하게 당신이 원하는 모습으로 변신시킬 수 있는 최고의 기술이 바로 칭찬이다. 남자에게 칭찬을 할 때는 이 두 가지를 반드시 기억하라. 첫째, 정확하게 어떤 면이 좋았는지를 구체적으로 얘기하라. 둘째, 칭찬 속에 자신이 바라는 태도, 행동, 성격 등에 관한 정보를 슬쩍 끼워 넣어라.

예컨대 파란색 니트를 입고 나타난 남자에게 "옷이 잘 어울리네요"라고 밋밋하게 칭찬할 것이 아니라 "어쩜 이렇게 파란색이 잘 어울려요? 파란색이 잘 어울리는 남자는 왠지 성격도 시원시원할 것 같아서 참 좋아요!"라고 해보자. 적어도 그날 하루는 성격 좋고 시원시원한 남자가 돼 있을 것이다. 칭찬에 대한 보답을 하고 실망을 안겨주지 않기 위해서 남자가 노력하기 때문이다. 이 칭찬은 얼핏 옷을 잘 소화한 남자를 칭찬하고 있는 것 같지만, 실은 성격 좋은 남자가 좋다는 여자의 바람을 담고 있다. 남들은 소화하기 어려운 걸 당신은 훌륭하게 소화해 내고 있다는 꽤 구체적인 칭찬이라 립서비스로 오해받을 일도 없다.

교육심리학 용어 중에 '피그말리온 효과 Pygmalion effect'라는 것이 있다. 교사가 학습자에게 긍정적 기대를 하면 실제로 학습자의 성적이 향상된다는 것이다. 남자다운 남자, 자상한 남자, 인간관계 좋은 남자, 매너 있는 남자 등 자신의 기대를 담아 아낌없이 칭찬을 한다면 남자는 서서히 긍정적으로 변화하게 될 것이다. 설령 현재 자신의 모습이 그에 미치지 못하더라도 당신의 칭찬과 기대에 부응하기 위해 노력하기 때문이다. 칭찬은 그 어렵다는, 남자가 스스로 움직이도록 만드는 마법의 언어다.

칭찬은 남자를 변하게 한다.
남자를 가장 빨리, 가장 확실하게 당신이 원하는 모습으로
변신시킬 수 있는 최고의 기술이 바로 칭찬이다.
남자에게 칭찬을 할 때는 이 두 가지를 반드시 기억하라.
첫째, 정확하게 어떤 면이 좋았는지를 구체적으로 얘기하라.
둘째, 칭찬 속에 자신이 바라는 태도,
행동, 성격 등에 관한 정보를 슬쩍 끼워 넣어라.

'이것만 빼면 다 좋은 남자'가
결국은 '피해야 할 못된 남자'다

love

아침방송 출연을 계기로 친분을 쌓은 방송작가 P에게는 사업을 하고 있는 남자친구가 있다. 남자의 사업이 어려움을 겪으면서 P는 그에게 카드를 내줬다. 급하게 필요할 때 사용하라고. 그런데 방송 준비로 정신없이 일하고 있던 어느 새벽, 이상한 문자 한 통을 받게 된다. 30분 후 비슷한 문자가 한 번 더 왔다.

OO카드(5*3*) POO님
(02/16 03:25) 1,300,000원

OO카드(5*3*) POO님
(02/16 04:05) 600,000원

맨하탄

맨하탄

남자에게 건넨 카드 사용 문자였다. 불안한 마음에 남자에게 전화했지만 연락은 되지 않았고, 곧이어 카드 회사에서 전화가 걸려왔다. 여성 고객의 카드인데 유흥업소에서 많은 금액이 결제돼 분실 여부 확인차 전화가 온 것이다. 그날 오후까지도 남자와는 연락이 닿질 않았다.

다음 날 만난 남자의 실토로 유흥업소에 갔다는 사실을 알게 된 P는 남자친구와 그대로 헤어지는 것 같았다. 하지만 며칠 후 남자를 용서하고 다시 만난다고 했다. 그녀는 사실 이런 일이 처음은 아니라고 했다. 남자의 유흥업소 출입을 알게 된 것만 이번이 네 번째. 카드를 건넨 이후 거의 한 달에 한 번꼴로 출입했다. 그때마다 펄펄 뛰며 화를 내고 울면서 헤어진다고 했지만, 결국 남자의 사과로 다시 만나기를 반복했다.

나는 얘기를 듣고도 이 상황이 도저히 믿기지가 않았다. 어떻게 사업하는 남자의 자존심을 위해 배려해준 여자의 카드로 보란 듯이 유흥업소를 드나들 수 있는지, 사업이 어려워져서 사정이 안 좋다면서 어떻게 한 달에 한 번꼴로 적지 않은 돈을 하룻밤 유흥비로 탕진할 수 있는지, 남자의 이런 치명적 잘못을 어떻게 연속해서 네 번이나 눈감아줄 수 있는지, 어느 것 하나 이해할 수가 없었다. 이 사실을 알고 있는 다른 사람들 역시 P를 이해할 수 없다며 어서 헤어

사랑은 상대의 잘못과 결함을
자신이 감당하고 짊어지기 위해
하는 것이 아니다. 물론 사랑을 한다고 해서
매일매일이 꿈같고 핑크빛일 순 없다.
하지만 똑같은 문제로 사랑이 괴로워지고
행복을 찾지 못하겠다면
지금, 당신의 사랑은 옳지 않은 것이다.

지라고 입을 모았지만, P는 "이것만 빼면 괜찮은 남자거든요"라며 울먹인다.

여자들이 못된 남자와 헤어지지 못하는 가장 큰 이유이자 흔한 잘못이 바로 여기에 있다. '이것만 빼면 괜찮은 남자'를 만나고 있다는 것이다. '이것'으로 꼽는 것들은 대부분 폭력성, 도박, 주사, 여자 문제, 빚, 성격적 결함 등 연애에 있어서 결정적이고 치명적인 문제들이다. 하지만 그것만 빼고 보면 또 큰 문제가 없어서 포기하지 못하고 있다는 것이다.

"이것만 빼면 정말 괜찮은 남자예요. 진짜 사랑하거든요."

어느 한 부분을 빼면 그를 사랑한다는 것은 진짜 사랑이 아니다. 진짜 사랑이라면 그 사람의 모든 것을 온전히 사랑해야 한다. 만약 도박하는 그의 모습마저 사랑한다면 그를 선택해도 좋다. 만약 나를 상습적으로 구타하는 그의 모습이 남자답게 느껴진다면 만나도 된다. 유흥업소에서 여자들과 돈을 탕진하는 남자가 멋있고 자랑스럽다면 사귀는 게 맞다. 하지만 그런 모습까지 좋고, 멋있고, 자랑스러운 사람은 세상에 없다. 눈을 감고, 귀를 막고, 입을 가리고 있을 뿐, 속은 피멍이 들고 곪아가고 있을 것이다. 이런 사랑, 두 번 했다가는 진짜 큰일 난다.

'이것'만 빼고 괜찮다며 넘어가기를 반복한다면 반드시 다음에도, 아니 매번, 그 망할 '이것'이 당신을 처절하게 아프게 할 것이다. 당신은 정말 '이것'을 끝까지 감당할 자신이 있는가? 만약 금방 대답할 수 없다면 이제 그만 그에게서 벗어나는 것이 현명하다. 그래야 한다는 걸 당신도 마음 저 밑에서부터 이미 알고 있을 것이다. 이별 그 후를 감당할 자신이 없어서 미루고 있을 뿐.

사랑은 상대의 잘못과 결함을 자신이 감당하고 짊어지기 위해 하는 것이 아니다. 물론 사랑을 한다고 해서 매일매일이 꿈같고 핑크빛일 순 없다. 하지만 똑같은 문제로 사랑이 괴로워지고 행복을 찾지 못하겠다면 지금, 당신의 사랑은 옳지 않은 것이다.

"진정한 사랑을 한 번도 못 해봤지?"
"해봤어요. 그 덕에 병신 됐죠."

– 영화 〈아멜리에〉 중에서

그를 변화시킬 수 있다고 믿는 건 당신의 착각이다

love

한 건강 프로그램의 패널로 함께 출연한 J는 건강과 동물 보호라는 두 가지 이유로 채식을 하게 됐다. 몸이 가벼워지고 머리가 맑아지는 걸 느끼면서 진작부터 채식을 안 한 게 후회될 정도라며 나에게 채식을 권유하기까지 했다. 실제로 그녀는 전보다 더 날씬해지고 예뻐졌으며 보기에도 건강해지는 듯했지만, 한동안 채식을 이어가던 J는 5개월 만에 삼겹살을 폭풍흡입하곤 결국 백기를 들었다고 고백했다. 이처럼 평생을 지켜와서 나와 한 몸이 돼버린 습관은 결코 쉽게 포기할 수 없는 법이다.

똑똑한 여자들일수록 남자를 선택하는 데 있어 잘못된 결정을 하게 되는 첫 번째 생각이 앞서 얘기한 '이것만 빼면 괜찮은 남자'이고, 두 번째가 '그를 변화시킬 수 있다!'는 믿음이다. 하지만 그의 단점만 쏙 빼고 사랑하는 것이 '잘못'이라면, 그 단점을 어떻게 해서든 뜯어고칠 수 있다고 생각하는 것은 대단한 '착각'이다. 물론 바꿀 수만 있다면 다행이겠으나 사람이 평생 가지고 살아온 단점을 어느 순간 확 뜯어고친다는 건 결코 쉬운 일이 아니다.

원래 몸에 안 좋은 음식이 입에선 받고, 인생을 망치는 지름길일수록 중독성이 강하다. 본인도 나쁜 습관인 줄 알면서 못 고치는 이유는 딱 하나다. 어떤 식으로든 그 습관을 통해 억눌린 감정이나 스트레스를 풀고 있다는 얘기다. 술만 마시면 주사가 심해지는 것, 운전대만 잡으면 딴사람으로 돌변하는 것, 스포츠 중계를 보며 차마 입에 담기 힘든 욕을 무시로 퍼부어 대는 것, 하다못해 손톱을 물어뜯는 것도 다 그 때문이다. 이미 몇십 년 동안 그런 방식으로 스트레스를 배출하는 데 익숙해진 터라, 어지간해서는 고치기 어렵다.

못난 남자, 나쁜 남자, 불쌍한 남자를 만났을 때, 문제점을 고쳐서 '그의 인생을 바꿔주고 싶다'라고 생각하는 것이 바로 '평강공주 콤플렉스'다. 사랑하지만 자기보다 조금 모자란 남자를 '리폼'해서 성공을 선물해 주고, 이를 통해 성취감을 맛보고 싶어 하는 심리다. 사회적으로 어느 정도 성취를 거둔 똑똑한 싱글녀일수록 이런 말도 안 되는 생각에 빠지기 쉽다. 자신감이 있기 때문이다. 자신이 독하게 맘먹고 시도하면 이뤄질 것 같은, 말 그대로 무모한 자신감이다.

"그가 게임을 즐기는 건 알았지만 단순한 취미로만 생각했어요.
결혼 직전에야 경마로 억대 빚을 진걸 알게 됐죠. 알고 보니
도박 중독이었어요. 그래도 결혼하고 나면 달라질 것 같았고,
제가 도와주면 고칠 수 있을 거라고 믿어요.
이제 혼자가 아니니까, 나와 태어날 아이를 위해서요.
지금은 함께 빚을 갚고 있어요."

이 경우처럼 상황이 바뀌면, 예컨대 결혼해서 가정을 꾸리고 나
면 남자가 못된 습관을 버릴 거라는 착각의 늪에 빠진 여자들이 있
다. 혹은 나는 그에게 가장 소중한 존재이므로, 그가 날 사랑하는 만
큼, 아니 그 이상의 노력과 인내로 내가 원하는 남자로 스스로 변화
해 나갈 거라고 믿는 경우도 있다. 둘 다 당장 때려치우라고 권하고
싶을 만큼 어려운 일이다.

물론 여자의 노력으로 남자의 인생을 바꾼 케이스도 있다. 위대
한 인물 뒤에 숨겨진 '내조의 여왕' 스토리가 그렇고, 아내 덕분에
인생역전을 이룬 사람들의 성공 스토리가 그렇다. 그런 스토리들은
종종 영화나 다큐로 만들어지기도 하는데, 그만큼 찾아보기 어려운
케이스이기 때문이다. 엄청나게 힘든 일이고, 극한의 시련을 견뎌
내야만 가능한 일이란 얘기다. 그래서 나는 거기에 쏟아 부을 노력

과 열정이 있다면 당신 스스로의 인생을 바꾸는 데 쏟으라고 간곡히 말하고 싶다.

누군가를 바꾼다는 것은 자기 자신을 바꾸는 것보다 몇 배 어려운 일이다. 만약 그를 바꾸지 않고도 있는 그대로 받아들일 수 있다면 진정한 사랑이라고 인정할 수 있다. 하지만 그의 치명적 단점이나 못된 습관으로 인해 상처받는 일이 반복된다면, 더 늦기 전에 사랑을 포기해야 한다. 당신은 설리반 선생님도, 테레사 수녀도 아니다. 그저 사랑하고, 사랑받고 싶어 하는 한 여자일 뿐이다.

못난 남자, 나쁜 남자,
불쌍한 남자를 만났을 때,
문제점을 고쳐서
'그의 인생을 바꿔주고 싶다'라고
생각하는 것이 바로
'평강공주 콤플렉스'다.

그는 당신에게 반하지 않았다

놀이터에서 좋아하는 남자아이에게 개똥이라고 놀림받는 여자아이. 울며 속상해하는 여자아이에게 엄마는 괜찮다고 위로한다. "걔가 사실 널 좋아해서 그런 거야"라는 엄마의 말을 들은 여자아이는 도대체 무슨 말인지 모르겠다는 표정을 짓는다.

영화 〈그는 당신에게 반하지 않았다〉는 웃음 포인트가 확실한 유쾌한 작품이다. 하지만 싱글 처지에서는 그저 맘 편히 웃을 수만도 없는 영화다. 충분히 공감할 수 있는 싱글들의 얘기이고, 자신이 사실이라고 믿어왔던 착각을 향해 촌철살인과도 같은 장면과 대사로 펀치를 날리기 때문이다.

일상에서 남자의 무관심과 비매너는 여자들끼리 뭉치면 '용기 없는 자의 비겁함'으로 탈바꿈하기도 한다. 연락 없는 남자를 놓고 대략 이런 대화가 오간다. "연락은 하고 싶은데 용기가 없어서 그런 거야", "네가 너무 잘나가니까 대시했다 차일까 봐 그래", "좀 순진하고 숙맥 같은 타입이면 그럴 수 있어"…… 온통 연락을 기다리는 여자를 위로하는 말뿐이다. 사실 그 남자가 연락이 없는 이유는 단 한 문장으로 정리된다. '그는 당신에게 반하지 않았기 때문'이다.

동서양을 막론하고 여자들은 왜 남자의 무관심과 비매너를 '좋아해서 하는 행동'이라고 곱게 포장할까? 사실 우리도 어렸을 때 남자애들이 고무줄 끊고 도망가거나 '아이스케키'를 하는 건 누군가를 좋아해서 하는 행동이라고 얘기했고, 또 그렇게 들어왔었다. 그렇게 시작된 얘기들은 자신을 누군가의 첫사랑으로 둔갑시키기도 한다. 하지만 정작 그 아이는 그냥 개구쟁이였던 것뿐, 그런 기억조차 없을 수도 있다.

나는 지난 20년 동안 1만 명이 넘는 남녀와 상담을 했고, 1,000커플 이상을 성혼시켰다. 다시 말해서 5,000명 이상의 남자들과 연애나 결혼 상담을 했고, 500명 이상의 남자들을 500명 이상의 여자들과 결혼으로 엮어줬단 얘기다. 미팅 상대에게 말 못 하는 고민을 커플매니저인 나에게는 솔직하게 털어놓는 편이라, 남자들의 심리를 제대로 파악하고 있다고 자부한다.

그래서 남자들의 알 수 없는 행동에 그 의중을 모르겠다며 고민을 털어놓는 여자들이 주변에 참 많다. 꼬박꼬박 하던 연락을 어느 날 갑자기 끊었다, 7년을 만나온 남자가 프러포즈를 안 한다, 친구 같은 지금 사이가 좋다고 은근히 못 박는다, 소개팅 후 가벼운 포옹까지 했는데 다음 날부터 연락 두절이다, 날 아껴서라며 스킨십을 자제한다, 너무 바빠서 연락이 잘 안 된다…… 이렇게 남자가 행동하지 않는 여러 가지 상황을 두고 비슷한 고민에 빠져 비슷한 착각들을 하고 있다.

명심하자. 남자는 좋아하는 여자에게는 태도를 분명히 한다. 좋아하는 여자가 생기면 혹시라도 관계가 깨질까 봐 오해받을 만한 말과 행동은 삼간다. 반면 관심 없는 여자라면 혹시라도 오해하고 달려들까 봐 늘 적당한 거리를 유지한다. 그 중간, 즉 확실히 마음이 가는 건 아닌데 그렇다고 완전히 관계를 끊기는 아쉬운 여자에겐 딱 그만큼의 미지근한 반응을 보인다. 가장 쉬운 방법이 "친구 같은 지금 사이가 좋다"라고 말하는 것이다. 그 말은 "지금 당신이 내 결혼 상대는 아니다"란 의미다. '여자'친구와는 결혼해도 여자'친구'랑 결혼하는 남자는 없다.

만약 당신이 결혼하고 싶은 마음이 있다면 친구 같은 사이라고 못 박는 남자와의 관계는 하루빨리 정리하는 게 낫다. 간혹 친구에서 연인이 되는 경우도 있긴 하지만, 썸 단계를 지나 누가 봐도 사귀는 사이에서 친구 운운하는 남자라면 당신에게 결혼 상대로서의 매력을 느끼지 못하고 있다는 얘기다. 친구 관계가 좋다고 말하는 그는 관계를 발전시킬 마음이 조금도 없다. 시간 낭비는 오늘로 끝내자.

못난 남자 언어사전

그럴싸한 말로 들릴 수 있지만 사실은 핑계로 가득 찬 못난 남자들의 언어다.

못난 남자들의 언어	진짜 그의 마음
친구 같은 사이가 좋아.	나는 당신에게 반하지 않았다.
난 원래 로맨틱하지 않아.	나는 당신에게 반하지 않았다.
아직 준비가 안 됐어.	나는 당신에게 반하지 않았다.
당신에게 다가가기가 어려워.	나는 당신에게 반하지 않았다.
(스킨십 없는 상황) 당신을 아껴서 그래.	나는 당신에게 반하지 않았다.
좋은 인연이 나타날 거야.	나는 당신에게 반하지 않았다.
너무 바빠서 연락 못 했어.	나는 당신에게 반하지 않았다.
지금 여자를 만날 마음의 여유가 없어.	나는 당신에게 반하지 않았다.

남자가 관심 없는 것처럼 굴면
정말로 관심 없는 거예요.
예외는 없어요.
- 영화 〈그는 당신에게 반하지 않았다〉 중에서

인생을 아는
그들의 연애는 20대와 다르다

love

싱글녀의 로망은 소박하고 간결하다. 결혼하면 퇴근 후 남편을 만나서 저녁 먹고, 영화 보고, 간단하게 마트에 들러서 장 보고, 나란히 집으로 들어가는 게 제일 행복할 것 같다는 싱글녀 L의 말에 결혼 7년차인 워킹맘 W는 코웃음을 친다.

그녀는 세 살 난 아들을 친정에 맡기고 출근해서 일이 끝나자마자 친정으로 달려간다. 아이를 데리고 동네 슈퍼마켓에 가서 두부와 콩나물 등 초간단 장보기를 끝낸 뒤 현관문을 여는 순간, 아침에 어질러 놓은 전쟁터 같은 거실이 눈앞에 펼쳐진다. 후닥닥 저녁을 차려서 아이를 먹이고 설거지를 하는 동시에 밥을 한술 뜬다. 아이를 씻기며 샤워를 마친 W가 막 거실로 나와 청소를 시작하려 할 때, 퇴근한 남편이 구두를 벗으며 "아이고, 집 꼴이 이게 뭐냐?"라는 한

마디를 던지더니 방으로 들어가 버린다……. 이게 대한민국 맞벌이 부부의 흔한 저녁 풍경이다.

남편과 우아하게 저녁을 먹고 영화를 보고 마트에 가서 알콩달콩 장을 보고 집으로 돌아와 뜨거운 밤을 보내고 평화롭게 잠드는 건 결혼 생활에 완전 무지한 감독이 공상으로 빚어낸 삼류 영화 스토리에 불과하다는 것이다.

하지만 W는 이런 일상이 불만족스럽다기보다 인생의 불가피한 과정이라고 자연스럽게 받아들이는 편이다. 연애 시절과 결혼 후의 생활 패턴은 당연히 같을 수가 없기 때문에, 예전의 자유와 여유와 낭만이 사라졌다는 데 불만을 표출하거나 스트레스 받지 않는다. 특히 결혼 7년차인 남편에게 신혼 초의 열정과 부지런함을 기대하는 것은 괜히 서운함만 키우고 싸움 거리만 가져온다고 득도한 듯 말하는 그녀다. 그녀의 말처럼 연애 시절과 결혼 후의 생활은 완전히 다르다. 다른 건 나쁜 게 아니다. 다름을 인정하고 그 시기에 맞는 삶을 충실히 산다면 그게 만족이고 행복일 것이다.

연애도 마찬가지다. 20대의 연애와 30~40대의 연애는 다르다. 혈기왕성한 20대에는 불같이 뜨겁고 눈부시지만 불안한 연애를 했다면, 이후의 연애는 과거에 비해 온도와 빛은 약하고 에너지도 떨어졌지만 훨씬 더 안정적이고 편안한 느낌을 가져다줄 수 있다. 욕심을 내려놨고, 안 되는 건 안 되는 거라고 인정할 줄 알고, 편안함을 즐기고, 견고한 믿음을 주고받는 법을 알기 때문이다.

분명히 말하지만 자꾸 20대의 연애와 비교하며 서운함을 차곡차곡 쌓아두고, 그것들을 하나씩 표출하기 시작하면 관계를 지속하기가 어렵다. 30대 중반 이후 연애의 핵심 키워드 중 하나는 '재촉'이다. 왜 연락이 없는지, 왜 빨리 결혼하자고 안 하는지, 왜 보자고 안하는지, 왜 친구들에게 빨리 나를 소개시키지 않는지, 도대체 그의 가족들은 언제 보게 되는 건지…… 그 어느 것에도 불안해하거나초조해하지 말아야 한다.

30대 남자는 20대보다 느리다. 주변에서 빨리 성과를 내라며 다그치고 지시하고 압박하는 이가 그전보다 훨씬 줄어들었고, 편안함과 느긋함의 미덕을 알아버린 나이가 됐다. 그래서 연애에 있어서도 서두르려 하지 않는다. 그런 그를 조급함으로 압박하기보단 요즘 그가 새롭게 빠져 있는 '여유'와 '감성'을 함께 즐기는 것이 더 느긋하고 편안한 연애를 할 수 있는 방법이다.

또 30대 중반 이후의 연애는 상대의 사회적 관계를 충분히 이해해 줘야 지속 가능하다. 20대에는 데이트 후 자신을 바래다준 뒤 곧장 집으로 가지 않고 친구들과의 술자리로 달려가는 남친 때문에 수도 없이 화를 냈을 것이다. 물론 그때는 데이트 중에 자신을 버리고 친구를 만나러 간 남자를 용서할 마음도 없었을 것이고, 상상조차 하기 싫었을 것이다. 그러니 데이트 중에는 아예 친구들 모임에 갈 엄두도 안 냈던 게 20대의 남친들이었다.

그러나 30대 남자는 여자를 달래놓고 다른 약속에 갈 수 있는 노하우가 생겼고, 여자를 안심시키고 친구들과 술자리를 가질 수 있는 여유도 생겼다. 툭하면 야근으로 약속을 취소하기도 하고, 직장 상사와 밤늦게까지 술자리를 갖는 횟수도 늘어날 수 있다. 몇 주 전부터 동창회 예고를 하던 20대 남친과는 달리, 동창회를 다녀와서야 얘기를 할 수도 있다. 상황이 이러한데도 그의 사회적 관계를 인정하지 못하고 온전히 자신에게만 집중해 주기를 바라는 20대의 생각에 머물러 있으면 만남 자체가 고통이 될 수밖에 없다. 우리는 그를 그의 친구, 가족, 직장과 공유하고 있다는 것을 인정해야 한다.

30대의 연인은 뜨겁고 적극적이고 열정적인 마음으로 서로를 간섭하진 않는다. 대신 그들은 묵묵히 서로를 지켜봐 주고 공감하고 응원하는 편안한 짝이 돼준다. 혼자 훌쩍 떠나기엔 왠지 두려운 여행에 그렇게 한발 떨어져서 편안하게 동행하는 짝, 그게 30대의 연인이다.

혈기왕성한 20대에는 불같이 뜨겁고 눈부시지만
불안한 연애를 했다면, 이후의 연애는 과거에 비해
온도와 빛은 약하고 에너지도 떨어졌지만
훨씬 더 안정적이고 편안한 느낌을
가져다줄 수 있다.

괜찮은 남자다 싶으면
영혼을 담은 리액션부터 해라

　대부분의 남자들이 '괜찮은 여자'라고 느끼는 조건 중 하나가 '대화가 잘 통하는 사람'이라고 한다. 즉 공감과 소통이 잘되는 사람을 원한다는 것이다. 공감과 소통의 기본 전제는 관심, 집중, 호응, 질문이다.

　기억하고 있는가? "정말요?", "진짜요?", "대단해요!" 이 마법의 세 마디에 리액션을 적절히 사용하다 보면 남자는 쉼 없이 대화를 이어가게 되고, '오늘 말 참 많이 했다'라고 느낄 때 '이 여자와 대화가 잘 통하는구나'라고 느낀다. 그렇다면 관심, 집중, 호응, 질문을 어떻게 적절히 표현하면서 대화를 이어갈 수 있는지 알아보자.

그가 무슨 말을 하든 관심을 보여라

자신이 말하는 주제에 관심을 보이지 않는다면 말하는 사람은 존중받지 못한다고 느낀다. 그러니 남자가 어떤 주제를 꺼내든, 일단 관심을 보여라. 모르는 내용이라면 주저 없이 질문을 던져서 관심을 표현하라. 앞에서 얘기했지만 남자들은 가르침과 자랑 욕구가 충만하기 때문에 질문에 매우 기쁘게 반응할 것이다. 일단 얘기가 시작되면 남자는 자신의 얘기에 많이 웃어주고 관심을 기울이며 들어주는 여자를 좋아한다.

단, 웃을 때 웃음소리에 주의해야 한다. 남자는 여자의 웃음소리로 그녀가 침대에서 어떤 소리를 낼지 상상한다. 그녀가 박장대소하고 껄껄거리며 웃거나 배를 움켜쥐고 자지러지게 웃는다면 상상 속 침대 위의 그녀는 그리 매력적이지 않을 것이다. 적당한 데시벨로 소리 내어 웃는 웃음과 소리 없는 매력적인 미소를 섞어가며 자주자주, 많이 웃어줘라.

그의 눈을 보며 집중하고 있음을 알려라

얘기가 본격적으로 흘러가면 처음에는 집중을 하다가 시간이 흐르면서 집중력이 떨어질 수 있다. 이쯤 되면 남자는 자신의 얘기에 집중을 하지 않을까 봐 어느 타이밍에서 끊어야 할지 눈치를 보게 된다. 이럴 때 그의 얘기에 관심이 있고 집중을 하면서 잘 경청하고 있다는 메시지를 전달해야 한다. 가장 좋은 방법은 눈을 마주치는 것이다. 대화 중 눈을 피하거나 다른 곳을 흘끔거리는 습관은 대화를 어서 끝냈으면 좋겠다는 의미로 받아들일 수 있으니 주의해야 한다.

진정성 있는 리액션을 효과적으로 사용하라

대화에서 남자를 가장 기쁘게 하는 것이 호응이다. 놀람이나 감탄 등의 반응을 아끼지 말고 표현해라. "정말요? 진짜요? 대단해요!"를 써먹어도 좋다. 단, "네, 네", "맞아요, 맞아", "그래요, 그렇죠"처럼 말 끝나기 무섭게 앵무새처럼 같은 단어를 반복하는 것은 피해야 한다. 대화가 산만해지고 마치 약장수가 물건을 팔러 온 것 같이 정신 사나워진다. 대화가 끝나면 남자는 이상하게 피곤하다고 느낄 것이다. 방청객처럼 영혼 없이 판에 박은 리액션을 반복하지 말고, 진심을 담아 다양한 리액션을 보여줘라.

적절한 질문으로 대화를 이어가라

질문을 하기 어렵다면 돌아온 질문에 대답하거나, 바로 돌아온 질문을 살짝 바꿔서 물어보면 된다. "왜?"라는 질문을 자주 사용해도 좋다. '왜'는 대화를 길게 이어갈 수 있는 가장 쉬운 질문이다. 흔히 서너 살 아이들이 엄마에게 하루 종일 '왜'라고 묻곤 하는데, '왜' 한마디는 똑같지만 그 답은 계속 달라질 수 있는 좋은 질문이다. 하지만 "왜?"를 너무 자주 사용하면 상대방이 성의 없다고 느낄 수 있으니 적절하게 문장형 질문과 섞어야 한다. 질문만 적절하게 해도 남자는 '이 여자가 대화에 적극적으로 참여하고 있구나'라고 느끼게 된다.

우리가 살면서 하는 행동들은
다 조금이라도 더 사랑받고 싶다는
마음 때문 아닌가요?

— 영화 〈비포 선라이즈〉 중에서

괜찮은 남자를 픽업하기 위한 5가지 연애 공략

1. 자신이 속을 만큼 완벽하게 최면을 걸어라

평소 마음에 안 드는 이성을 차갑게 대하는 데만 익숙해 있다면, 정작 마음에 드는 상대가 나타났을 땐 그를 어떻게 대해야 할지 몰라 당황하게 된다. 눈앞에 다가온 괜찮은 남자를 놓치지 않으려면 미리미리 연습해야 한다. 비록 내 앞에 있는 상대가 꿈에 그리던 이상형이 아니더라도 멋진 이성을 대하듯, 스스로에게 최면을 걸고 상대에게 최선을 다하라. 친절한 말투, 상대를 배려하는 마음, 적절한 호응을 자꾸 연습하다 보면 실전에서 남자 마음을 훔칠 수 있는 제대로 된 내공을 쌓을 수 있다.

2. 여자, 그들만의 리그에서 벗어나라

앞뒤를 봐도 여자, 좌우를 봐도 여자, 지금 당신이 온통 여자들에게 둘러싸여 있다면 그 환경을 벗어나야 한다. 여자들만 바글바글한 디저트 카페나 브런치 카페에서 멋진 남자가 없다고 투덜대지 마라. 성인 발레나 핫요가를 등록해 놓고 주변에 남자가 없다고 하소연하지 마라. 남자를 만나려거든 남자가 있는 장소로 직접 찾아가라. 핫한 디저트 카페보다는 일본식 선술집이나 분위기 좋은 펍, 동네의 작은 LP 바를 단골집으로 만들어라. 주로 여자들만 운동하는 곳보다는 남자들이 많이 찾는 피트니스 센터나 남성 회원 비율이 높은 동호회에 가입하는 것도 좋다. 여탕에 들어앉아 남자가 없다고 투덜대다니, 지금 제정신인가!

3. 1인 5색 스타일링을 연출하라

한 가지 스타일만 고집하기보다는 만날 때마다 새롭고 다양한 모습을 보여주기 위해 노력하라. 귀요미와 섹시미, 러블리와 때론 매니시한 느낌의 스타일링은 특별한 기술 없이도 좀 더 쉽게 매력을 어필할 수 있는 방법이다. 특히 썸을 지나 연인 관계로 발전했을 땐 한층 적극적으로 다양한 모습을 연출해야 한다. 남자들은 늘 새로운 이성에게 끌리고, 같은 여자라도 반전 매력을 발견할 때 호감도가 급상승하게 된다. 매일 다른 여자를 만나는 느낌, 그가 당신에게 빠져들기 시작한다.

4. 인연의 실타래를 마구 풀어라

매일 똑같은 사람들과 마주하고 똑같은 일상을 보내기보다는 새로운 사람들과 끊임없이 소통하고 폭넓은 인간관계를 만들기 위해 노력하라. 이젠 자신이 싱글이라는 사실을 굳이 숨길 필요가 없다. 내 인연과 나를 연결해줄 사람이 누가 될지는 아무도 모른다. 주변 사람들에게 싱글임을 당당하게 밝혀라. 그리고 누구든 인연이 될 수 있고, 인연의 연결 고리가 될 수 있다고 생각하라. 얽히고설키는 게 부담스럽고 번거로워서 꽁꽁 감아 두기만 했던 인연의 실타래를 이제는 마구 풀어놓을 때다.

5. 사랑하지 않는 자 유죄, 준비하라

준비되지 않은 상태에서 기회가 왔을 때 덥석 용기를 낼 수 있는 사람이 몇이나 될까? 소중한 인연을 만나고 놓치지 않기 위해서는 항상 준비가 돼 있어야 한다. 그 준비에는 여러 가지가 있겠지만 최우선 조건은 '누군가를 사랑할 준비'가 돼 있어야 한다는 것이다. 사랑을 하기 위해서는 첫째, 있는 그대로 받아들일 줄 아는 긍정적인 자세가 준비돼야 한다. 둘째, 남을 칭찬하고 이해하고 공감할 수 있는 마음이 준비돼야 한다. 마지막으로 간절함이 있어야 한다. 애인이야 있어도 그만 없어도 그만이라는 생각보단 사랑하는 사람이 꼭 필요하다는 간절함이 있어야 누군가를 사랑하기도 쉽다. 사랑을 만나고 싶다면 간절하라, 간절하라, 그리고 간절하라.

Part 4

상처가 아물 때쯤
다시 사랑에 빠져라

이별, 살아서 맛본 죽음의 맛

"죽을 맛이다."

오스트리아의 한 심리학자는 '이별의 맛은 살아서 맛이한 죽음의 맛'이라고 정의했다. 이 죽음의 맛을 처음 경험하게 되면 그 쓰디쓴 맛에 한동안은 모든 감각을 잃어버리고 만다. 본능마저 사라진 듯 먹을 수도, 잘 수도 없게 되고, 살아 있는 모든 순간이 불구덩이 아니면 무덤 속 같다. 죽음의 맛을 일주일 이상 경험하고 나면 성인이 된 후 생애 최저 몸무게를 확인하게 된다. 처음 맛본 이별은 그렇게 아주 오래도록, 어마어마한 고통의 맛으로 기억된다.

죽음의 맛을 처음 경험했던 20대 그 시절, 여자의 머릿속은 "어떻게 니가 나한테 이럴 수 있니?"라는 한마디에 점령당하고, 눈물로

밤을 지새우며 그의 호출기 번호를 누른다. 인사말에 녹음된 김건모의 '아름다운 이별'은 가슴을 또 왜 그리 후벼 파는지, '눈물이 흘러 이별인 걸 알았어……'라는 노랫말이 흘러나오자마자 눈물이 주르륵 떨어지고, 그때부터 껵껵거리며 대성통곡이 또 시작된다. 그렇게 밤낮없이 그의 삐삐 속 노래를 듣다가, 울다가, 녹음을 했다, 지웠다…… 친구를 만나 술 마시고 울다가, 삐삐 속 노래 듣다가, 또 울다가…… 사람이 할 수 있는 생쇼는 다 하는 것 같다. 그 기간은 사람마다 달라서 짧게는 일주일에서 길게는 몇 달까지도 간다.

죽음의 맛에 당황했던 그때는 그 맛을 깔끔하게 음미한다는 것이 애초에 불가능했다. 아무 때나 아무 데서나 질질 흘리기도 하고, 얼굴이며 손에 온통 범벅이 되기도 하고, 심지어 남에게 들이붓기도 한다. 그렇게 민폐 토핑을 추가한 죽음의 맛에 서서히 익숙해 가던 어느 날, 다시는 맛볼 수 없을 줄로만 알았던 사랑이 찾아온다. 그리고 달콤 짜릿한 사랑의 맛은 신기하게도 그 독한 죽음의 맛을 이내 덮어 버린다.

그렇게 몇 차례 죽음의 맛과 사랑의 맛을 오가며 여자는 30대를 맞이하게 된다. 이제 그 맛에 익숙해지고 질릴 법도 하건만, 늘 새로운 사랑의 맛에 유혹당하고, 매번 처음 맛보는 듯한 죽음의 맛에 비명을 지른다. 그러나 30대쯤 되면 오래지 않아 그 맛을 꿀꺽 삼킬

아무리 경험해도 고통을 피할 방법을 알 수 없는 것,
몇 번을 겪어내도 통증에 익숙해지지 않는 것,
아무리 앓고 낫기를 반복해도 면역이 안 되는 것이
이별이라는 병이다. 그럼에도 우리가 이 병의 처방전을
잘 받아둬야 하는 이유는, 이별이 덧나지 않아야
다음 사랑이 건강하게 찾아올 수 있기 때문이며,
이별의 쓴맛 때문에 사랑을 느끼는
미각까지 잃어버리면 안 되기 때문이다.

줄도 알게 된다. 몇 번의 경험으로 터득한 깔끔하게 맛보는 방법이다. 식도를 타고 내려가는 죽음의 맛은 미각이 아니라 통각으로 다가온다. 20대에 느꼈던, 온갖 합성 착색료가 범벅된 죽음의 맛과는 또 다른 고통이다. 쓰리다가, 화끈거리다가, 울렁거리다가, 따끔거리기를 반복한다.

말도 못 할 통증에 며칠을 앓다가 깨어나면 좀 잠잠해진 것 같다가도 간헐적으로 자극이 온다. 그렇게 또 짧게는 일주일에서 길게는 몇 달까지 이 과정이 반복되다 보면 어느덧 통증은 완전히 사라진다. 죽음의 맛을 몇 번 경험했다고 해서 그 맛을 느끼는 기간이 크게 줄어드는 건 아니다. 회복된 몸으로 전보다 더 열심히 일도 하고, 취미생활도 하고, 사람들도 만나 바쁘게 생활한다. 그렇게 일상을 반복하다 퇴근 후 캄캄한 집에 돌아와 불을 켜는 순간, '따끔 따끔'. 통증이 재발하려는 듯한 불길한 예감이 들 때도 있다.

40대가 되면 죽음의 맛을 봐도 쓰다 맵다 요란 떨지 않는다. 통증이 엄습해도 쓰리다 따갑다 비명을 지르지도 않는다. 그냥 속을 부여잡고 참고, 또 참는다. 시간이 지나면 그 지독한 맛도 사라지고 참혹한 통증도 잦아든다는 걸 알고 있기 때문이다. 그렇게 꾹꾹 죽음의 맛을 가슴 깊이 눌러 담아 놓으면 그 녀석은 어느새 조그맣게 뭉쳐져 '추억'이라는 종양이 된다. 그래서 숨을 쉬거나, 길을 걷거나,

누워 있거나, 밥을 삼킬 때 가끔 불편한 느낌이 들긴 하지만 대수롭지 않게 넘긴다. 그렇게 스스로도 대견하다 싶을 만큼 평온해진 어느 날, 자칫 종양을 잘못 건드리면 순식간에 온몸으로 퍼져 감당할 수 없게 된다. 손쓸 틈도 없이 구석구석으로 퍼진 사랑과 이별의 기억은 결국, 잘 참아오던 그녀를 한 방에 무너뜨린다.

이별의 고통은 경험해 보지 않은 사람은 아예 모를 것이다. 죽음의 맛이 얼마나 고통스럽고, 독하고, 잔인한지 상상도 못 할 것이다. 그런 죽음의 맛을 고통스럽게 기억하고 있다면 다시는 그 맛을 보지 않기 위해서라도 사랑이라는 맛에는 입도 대지 않아야 정상이다. 그러나 안 되는 줄 알면서도 판도라의 상자를 열어 보고야 마는 존재가 인간인지라, 어쩔 수 없이 사랑의 맛과 죽음의 맛을 번갈아 보게 된다. 인생의 시기마다 조금씩 차이가 있을 뿐, 우리 모두는 저마다의 방법으로 죽음과 맞먹는 이별의 고통을 감내하고 있는 것이다.

아무리 경험해도 고통을 피할 방법을 알 수 없는 것, 몇 번을 겪어내도 통증에 익숙해지지 않는 것, 아무리 앓고 낫기를 반복해도 면역이 안 되는 것이 이별이라는 병이다. 그럼에도 우리가 이 병의 처방전을 잘 받아둬야 하는 이유는, 이별이 덧나지 않아야 다음 사랑이 건강하게 찾아올 수 있기 때문이며, 이별의 쓴맛 때문에 사랑을 느끼는 미각까지 잃어버리면 안 되기 때문이다.

인생은 힘겨운 것이며 원래 그런 거예요.
고통을 겪어보지 않으면 그 무엇도 깨달을 수 없죠.

- 영화 〈비포 선라이즈〉 중에서

세상 어디에도 쿨한 이별은 없다

"헤어짐에도 예의가 필요하다는데, 쿨한 이별이야말로
진짜 매너 아닌가요?"

얼마 전 3년간의 지지부진한 연애에 종지부를 찍은 후배 S의 말
이다. 헤어지자는 상대방의 말에 쉽게 놔주면 그게 쿨한 것이고, 이
별 후 아무 일 없었다는 듯 자신의 일상으로 돌아가면 멘털까지 쿨
한 거라고 말한다. 이별 통보를 받고도 "그래, 그동안 즐거웠어. 좋
은 사람 만나!"라는 말을 건네며 순순히 받아들이면 쿨해서 고맙고,
반대로 믿을 수 없다, 한 번만 기회를 달라며 매달리거나 앞으로 잘
하겠다고 다짐하며 붙잡는 순간 '쿨하지 못한 슈퍼 지질이'가 된다.

가만, 이건 뭔가 잘못된 것 아닐까? 한때 뜨거웠던 연인 사이에 사랑이 식은 것도 모자라 차가워지기를 강요하다니! 언제부턴가 갑자기 등장한 이 정체불명의 '쿨'이라는 말은 적어도 연애 문제에 있어서는 매우 거슬리는 단어가 되었다. 사랑한 사이에, 그것도 일방적으로 헤어짐을 통보받은 상황에, 한쪽은 아직 사랑하고 있는데, 도대체 어떻게 '쿨'이 가능하겠는가. 본드로 붙여놨던 것을 억지로 떼어내면 어떻게든 흔적이 남는다. 못 박은 자리에 못을 뽑아내면 구멍이 뚫린다. 상처 없던 때로 완벽하게 돌아가기는 불가능한 것이다.

연애 상담을 오래 하다 보면 가끔 자신의 지난 사랑에 대한 얘기를 무용담처럼 늘어놓는 이들도 있다. '과연 진정한 마음을 주고받긴 했을까?'라는 생각이 들 정도로 그 끝을 멋지게 포장하고, 자신은 물론이고 주변에까지 쿨함을 강요하는 사람들이 있다. 타인의 쿨하지 못함을 비난하고 자신의 쿨함을 자랑스러워하는 이 사람들의 부류는 대략 세 가지로 구분할 수 있다. 독자들 중에도 자신이 쿨하다고 생각해온 사람이라면 혹시 이 중에 해당하는 건 아닌지 체크해 보기 바란다.

쿨함을 강요하는 사람들의 유형

• 상처받지 않을 만큼만 살짝 담그는 사람

자존감이 지나치게 높은 사람들 중에는 상처를 받으면 도저히 감당이 안 되기 때문에 애초에 사랑을 시작할 때 상처받지 않을 만큼만 선을 그어놓는 경우가 있다. 사랑에 푹 빠지는 것이 아니라 그냥 발만 담근 채 찰랑찰랑 물놀이하듯 즐기는 것이다. 이런 사람들은 늘 그런 식으로 사랑해 왔기 때문에 사랑은 으레 발만 담갔다 빼는 게 당연한 거라고 생각한다. 어느덧 물놀이가 끝나고 물에서 빠져나온 그들은 젖은 발만 수건으로 톡톡 두드려 닦아주면 금세 보송보송해진다.

사랑에 빠질 때 상대가 얼마나 깊게 빠져줄지 계산하고 딱 그만큼만 같이 빠지는 사람은 없다. 상대방도 나와 같이 물속에 풍덩 뛰어들 거라 믿거나, 상대방과 상관없이 물속으로 일단 뛰어들고 보는 이들이 대부분이다. 물속에서 한참을 있다가 빠져나온 사람은 머리부터 발끝까지 흠뻑 젖어 있다. 발만 담갔던 사람과 온몸이 흠뻑 젖은 사람이 물기를 말리는 데 걸리는 시간은 당연히 차이가 난다. 왜 빨리 말리지 못하냐며, 언제쯤 보송보송해질 거냐며 다른 사람을 이해하지 못하는 게 발만 담근 사람이다.

• 애초에 시작하지도 않은 무심한 사람

흔히 쿨한 이별 뒤에는 서로 좋은 사람으로 기억되고, 가끔 안부를 묻는 친구 사이가 될 수 있다고 말한다. 그런데 이별했으면 끝이지, 좋은 사람으로 기억되는 게 무슨 의미가 있을까? 그냥 추억으로 꺼내봤을 때 죽일 X, 나쁜 X만 아니면 최선일 텐데 왜 굳이 좋은 사람이 되려고 하는지 모르겠다. 쿨한 이별을 하고, 좋은 사람으로 남을 수 있는 방법은 딱 한 가지다. 둘 다 서로를 사랑하지 않으면 된다.

• 쿨한 척만 하는 사람

혼자서 차곡차곡 이별을 준비한 사람이다. 이별을 준비하게 된 데는 여러 가지 원인이 있지만, 한 번도 그 원인을 명확히 하거나 해결하려 하지 않는다. 그냥 조용히 이별을 준비하고, 준비가 끝나면 어느 순간 일방적으로 통보한다. 이별의 준비란 그 사람과 서서히 정을 떼어가는 일이다. 물론 혼자 이별을 준비하는 과정이 즐겁고 행복하진 않을 것이다. 그러나 일방적으로 이별을 통보받는 쪽만큼 괴로웠을 리는 없다. 헤어지는 이유를 묻는 사람에게 '친절하게'까지는 아니더라도 납득할 만한 이유를 설명해 줘야 할 의무가 있음에도 "그냥 쿨하게 정리하자"며 그 망할 놈의 '쿨'을 강요한다. 그렇게 혼자 오만 폼을 다 잡고 멋있는 척 돌아서면서 자신은 깔끔하고, 쿨하고, 멋있게 이별했다고 착각한다.

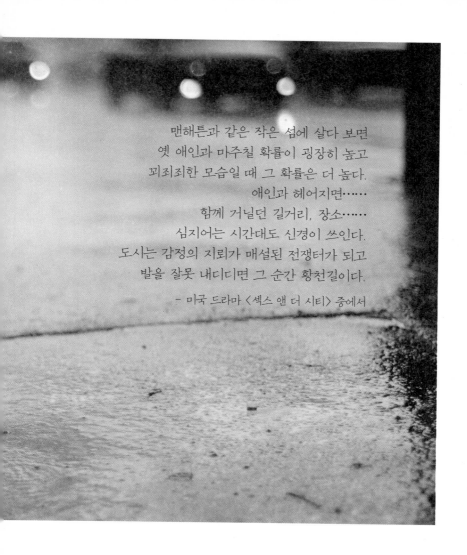

맨해튼과 같은 작은 섬에 살다 보면
옛 애인과 마주칠 확률이 굉장히 높고
꾀죄죄한 모습일 때 그 확률은 더 높다.
애인과 헤어지면……
함께 거닐던 길거리, 장소……
심지어는 시간대도 신경이 쓰인다.
도시는 감정의 지뢰가 매설된 전쟁터가 되고
발을 잘못 내디디면 그 순간 황천길이다.

— 미국 드라마 〈섹스 앤 더 시티〉 중에서

나쁜 남자에게 데었다고
나쁜 여자가 되려 애쓰지 마라

　남자들은 나쁜 여자를 만나 실연을 당하면 세상에 다시없을 착한 여자를 만나 보란 듯이 핑크빛 연애를 시작한다. '나쁜 X! 이렇게 예쁘고 착한 여자가 내 여자다!'라고 선언하듯 SNS 프로필 사진도 바꾼다. 하지만 나쁜 여자에게 된통 당한 남자 중에 탄력 회복성이 극도로 떨어지는 이들은 그녀의 그림자에서 벗어나질 못한다. 여자를 잊지 못하고 괴로워하며 결국 폐인처럼 망가지는 경우를 많이 봤다.

　하지만 여자들은 이렇게 극단적으로 망가지는 경우는 매우 드물다. 괴로울 만큼 괴로워하고 힘들 만큼 힘들어하다 그냥 마음의 문을 닫고 만다. 그런데 나쁜 남자에게 이리 치이고 저리 치이며 볼 꼴, 못 볼 꼴 다 보고 헤어져 바닥으로 완전히 가라앉은 경우, 뜬금

없이 나쁜 여자로 각성하는 경우가 간혹 있다. 마치 드라마나 뮤직 비디오에 나올 법한 뻔한 스토리다.

얼굴의 반 이상을 가리는 두꺼운 뿔테 안경을 쓰고 교정기를 낀 뚱뚱보 여주인공은 남친이 바람피우는 현장을 목격하고 그 자리에 얼어붙는다. 여주인공을 이용만 하던 나쁜 남자는 코웃음을 치며 새로운 여자와 떠나고, 장면이 바뀐다. 아찔한 굴곡이 그대로 드러나는 미니 원피스에 섹시 스모키 화장을 한 매혹적인 여자가 등장을 하는데, 자세히 보니 옛날의 그 '안여돼안경 쓴 여자 돼지'다. 뭐, 그렇게 완벽하게 변신에 성공한 여자가 이 남자 저 남자를 안달 나게 하고 다니며 결국 과거의 나쁜 남자까지 접수해서 가지고 논다는, 뻔하지만 통쾌한 스토리다.

뮤직비디오나 드라마야 어차피 판타지로 먹고사는 동네니까 그렇다 치자. 그러나 현실에서 이런 복수심에 불타 당신을 위해 헌신하는 마음 착한 이들에게 상처를 주려고 한다면 절대 뜯어말리고 싶다. 나쁜 남자에게 받은 상처가 얼마나 쓰리고 아팠겠는가만, 그 상처가 뭐라고 굳이 자신의 인격까지 바꿔가며 애꿎은 착한 남자들을 상처 줘야 하는가. 그렇다고 해서 그 나쁜 X가 착한 남자가 되어 돌아올 것도 아닌데…….

나쁜 남자에게 혹독하게 배운 못된 습관을 여자 버전으로 연출한

하지만 이제 와서 그런 무모한 일에
에너지를 쏟을 필요도, 가치도 없다.
차라리 과거의 나쁜 남자는 그냥 용서해 주고,
당신 곁에 있는 착한 남자를 꽉 잡아라.
당신에겐 남은 총알이 몇 발 없다.

다면, 나쁜 남자가 그랬던 것처럼 착한 남자들도 당신을 떠나게 될 것이다. 당신이 얻는 것은 이번에도 이별이란 얘기다. 결국 착한 남자만 잃을 무모한 짓을 왜 꿈꾸는지 이해하기 어렵다. 만약 당신이 20대 초반의 청춘이라면 뭐, 한번쯤 변신을 시도해볼 만도 하다. 하지만 이제 와서 그런 무모한 일에 에너지를 쏟을 필요도, 가치도 없다. 차라리 과거의 나쁜 남자는 그냥 용서해 주고, 당신 곁에 있는 착한 남자를 꽉 잡아라. 당신에겐 남은 총알이 몇 발 없다.

용서는 힘든 게 아냐.
용서란 말야,
마음속에 방 한 칸만 내주면 되는 거야.

– 영화 〈내 머리 속의 지우개〉 중에서

헤어질 만해서 헤어진 것뿐,
이별의 이유를 곱씹지 마라

"이유가 뭐야?"

"넌 나를 너무 구속해. 답답해 미치겠어."

"알았어, 그럼 내가 고칠게."

"아냐, 그냥 헤어지자."

혹시 자신의 이별과 닮아 있는가? 헤어지자는 남자에게 이별의 이유를 묻고 자신이 고치겠다고까지 말했지만 결국 헤어졌던 경험 말이다. 사실 이런 이별의 패턴은 매우 흔하다. 우리는 전혀 예기치 못했던 이별을 통보받으면 그 이유부터 묻게 된다. 그리고 그 문제만 고치면 그와의 관계가 원래대로 복원될 수 있을 거라고 생각한다. 그래서 다시는 그러지 않겠노라 다짐하게 된다. 만약 이런 상황에서 "한 번만 더 그러면 정말 끝이야!"라는 말과 함께 이별이 무마됐다면, 정말로 그가 말한 이유가 진짜 이유였을 수도 있다. 하지만 고치겠다고 다짐했음에도 단호히 거절당하고 이별을 통보받았다면 진짜 이유는 그게 아닌 것이 분명하다.

사실 이별에 특별한 이유는 없다. 다만 당신과의 연애, 혹은 그와의 연애를 지속하고 싶지 않은 숱한 이유가 있을 뿐이다. 그럼에도 당신이 일방적으로 이별을 통보받는다면 그 이유가 궁금할 것이다. 그래서 왜냐고 물으면 그는 당신과 연애를 지속하고 싶지 않은 이유를 잔인할 만큼 하나하나 짚어가며 설명해 주기보다는, 당신이 이별을 납득할 수 있을 만한 이유들을 지어내 아름답게 포장할 것이다. 이런 경우 당신의 그는 매우 젠틀한 사람이다. 듣고 있으면 자존감이 와르르 무너질 수도 있는 그런 이유 대신, 눈물로 곱씹어도 전혀 부끄럽지 않을 이유로 만들어 줬으니 말이다. 아무튼 이별을 통보한 상대가 얘기하는 말들은 진짜 이유가 아니다. 이별을 정당화하고, 합리화하고, 납득시키기 위한 일종의 구실을 만든 것뿐이다.

특히 오래된 연인일수록 이별에 특별한 이유가 존재하지 않는다. 굳이 따져 보자면 아마도 그와 당신의 긴 연애 생활 동안 잦은 다툼을 일으켰던 상황과 이유가 가장 큰 원인이 됐을 것이다. 그런데 오래된 커플에겐 다툼도 습관이 돼버린다. 다투고 난 후의 감정만 기

연애에도 참사랑과 참이별이 필요할 때다.
뜨겁게 사랑하고 죽도록 미워하며
칼같이 잘라내기보다는, 따뜻하게 사랑하다
이별이 다가올 땐 그냥 순순히 받아들이자.
이별의 이유를 곱씹으며 그와 내가 더 이상
사랑하지 않는다는 사실을 자꾸 확인할 필요는 없다.
그가 희미한 옛사랑의 그림자로 바랠 때까지,
그냥 내버려둬라.

억할 뿐, 정작 무엇 때문에 다퉜는지는 기억 안 나는 게 커플들의 다툼이다. 어쩌면 이별을 통보받은 쪽은 물론이고 이별을 통보하는 당사자조차 진짜 이유를 모르고 있을 수도 있다.

장거리 연애를 했던 L은 네 살 연하남과 5년 동안 교제했다. 남자가 지방에서 사업을 하는 탓에 자주 만날 수 없었던 L은 몸이 멀어지면서 마음도 멀어진 것 같아 자주 서운함을 드러냈고, 이는 곧 사소한 다툼으로 이어졌다. 무슨 이유 때문인지 헤어지던 날도 사소한 다툼이 있었고, 결국 그들은 5년 연애에 종지부를 찍었다. 그런데 L은 그전에도 그렇고 이번도 그렇고, 사귀던 남자와 헤어질 땐 분명히 대판 싸우고 헤어졌는데 얼마 지나면 왜 헤어졌는지 도통 기억이 나지 않는다고 했다.

"처음엔 이유가 생각나지 않아 애써 이별의 이유들을
곱씹었거든요. 근데 굳이 그럴 필요가 없더라고요. 분명 사소한
다툼이었고, 나도 지치고 그도 지쳐서 헤어졌을 텐데……
좋은 기억도 아니고 그걸 굳이 끄집어낼 필요가 뭔가 싶어요.
'그렇게 좋았었는데, 그냥 헤어질 만해서 헤어졌겠지……'
하고 이별의 이유를 곱씹지 않으니 이별을 순순히 인정하게
되더군요."

그렇다. 이별 후에 왜 헤어지게 됐는지, 이유가 뭔지, 문제의 발단은 어디에 있는지, 누가 먼저 잘못한 것인지…… 시시콜콜 되짚어가며 어떻게든 결론을 내리려고 애쓰지 마라. 이별의 후유증으로 당신은 매우 혼란스러운 상황일 것이고 비관적인 상태일 테니, 생각하지 않는 편이 정신 건강에 훨씬 도움이 된다. 혼란과 비관으로 가득 찬 상태에서 억지로 도출한 결론은 또 다른 혼란과 비관적인 상황만 가져올 뿐이다. 그냥 내버려둬라.

연애, 어떻게 잘 만나는가도 중요하지만 어떻게 잘 헤어지는가도 중요하다. 처음 우리는 잘 먹고 잘사는 참살이well-being에 주목했고, 좀 더 여유가 생기면서 잘살다 곱게 나이 들고 편안하게 죽는 웰에이징well-aging과 웰다잉well-dying에 주목하고 있다. 연애에도 참사랑과 참이별이 필요할 때다. 뜨겁게 사랑하고 죽도록 미워하며 칼같이 잘라내기보다는, 따뜻하게 사랑하다 이별이 다가올 땐 그냥 순순히 받아들이자. 이별의 이유를 곱씹으며 그와 내가 더 이상 사랑하지 않는다는 사실을 자꾸 확인할 필요는 없다. 그가 희미한 옛사랑의 그림자로 바랠 때까지, 그냥 내버려둬라.

우리 왜 싸웠지?
싸운 건 기억이 나는데,
뭐 때문에 싸웠는지는 기억이 안 나.

− 영화 〈연애의 온도〉 중에서

남자는 이별을 마주한 순간부터
새로운 사랑을 꿈꾼다

"그래, 할 수 없지. 좋은 사람 만나길 바랄게."

　이별을 말하는 여자 앞에서 남자는 기다렸다는 듯 순순히 이별을 받아들인다. "딱 너 같은 남자 만나라!"도 아니고 "좋은 사람 만나길 바란다"며 덕담까지 안긴다. 한번쯤은 잡을 법도 한데, 남자는 여자를 너무 곱게 놓아주고 돌아서서 뚜벅뚜벅 걸어간다.

　오예~! 남자는 오늘 밤부터 자유다. 늦게까지 술 마신다고 잔소리하는 여자도 없고, 점심시간이나 퇴근 후에 꼬박꼬박 연락할 필요도 없다. 주말에는 늘어지게 잠을 자도 되고, 여자 꽁무니에서 그지긋지긋한 카트를 끌고 다니지 않아도 되며, 불꽃 축제니 벚꽃 축제니 하는 그놈의 축제 투어와도 안녕이다. 지질하게 매달리지 않으려고 노력한 것도, 애써 쿨한 이별을 연출한 것도 아니다. 남자는 다만 여자가 이별을 말할 그 순간만 기다리고 있었던 것이다.

그렇다면 남자는 왜 먼저 이별을 말하지 않았을까? 남자는 도저히 참을 수 없을 지경에 이르지 않는 한 여자에게 먼저 이별을 말할 기회를 준다. 여자에 대한 최소한의 배려라는 착각 따윈 버려라. 아무리 나쁜 놈이라도 헤어진 여자의 기억 속에는 착한 남자, 멋진 남자로 남고 싶어 하는 게 그들의 욕심이다. 이 무슨 허세인지 모르겠지만, 아마도 남자는 여자의 첫사랑이길 원한다는 말과 비슷한 것이 아닐까 싶다. 남자들의 천성이 그렇다니 기가 막힐 뿐이다.

여하튼 착한 남자 타이틀을 얻을 수 있다는데, 그까짓 이별 기한이야 조금 연장해줄 수 있는 것이다. 그래서 참을성을 가지고 이제나 저제나 여자가 이별을 선언하기만을 기다린다. 그러다 마침내 여자 입에서 바로 그 말이 나오는 순간, 영화 〈쇼생크 탈출〉처럼 두 팔 벌려 '프리덤!'을 외치며 새로운 사랑을 꿈꾼다. 만약 당신이 즉흥적으로 끝내자는 말을 했을 때 두말 않고 받아들인다면, 그도 오랜 시간 이별을 준비하며 당신 입에서 "끝내!"라는 말이 나오길 기다린 것일지 모른다.

물론 남자라고 해서 이별 후 괴롭거나 힘들지 않은 것은 아니다. 그들도 괴롭고 아프긴 마찬가지다. 하지만 남자는 아픔에 몸부림치

는 대신 새로운 여자를 만나려 노력할 것이고, 잠자리 상대라도 구하러 나설 것이다. 여자는 이별을 하면 너무 아프고 힘든 마음에 다른 누군가를 만난다는 건 생각조차 못 한다. 시간이 필요하다. 하지만 남자는 다르다. 남자가 제일 좋아하고 제일 예쁘다고 생각하는 여자는 '오늘 만난 여자'다. 남자가 이별에 괴로워하며 다른 여자를 만나도 눈에 들어오지 않을 거라고 착각하지 말란 얘기다.

물론 남자가 먼저 이별을 얘기하는 경우도 있다. 그야말로 절망적인 케이스다. 하느님이 도와줘도 관계를 되돌리거나 회복할 수 없는, 진짜 끝난 경우다. 그가 멋진 남자로 남고 싶다는 의지를 깨면서까지 나쁜 남자가 된다는 건, 지금 헤어짐으로써 얻는 게 훨씬 더 많다는 결론을 내렸기 때문이다. 그게 자유든 시간이든 불필요한 감정 소모든 말이다. 간혹 "남자가 헤어지자고 하는데 돌이킬 수 없을까요? 남자의 맘을 돌릴 수 있는 방법을 알려주세요"라며 상담을 청하는 경우가 있는데, 2세가 생겼다든지 등의 특별한 케이스가 아니고서는 안타깝지만 방법이 없다.

여자들에겐 '촉'이라는 게 있다. 남자가 이별을 기다리고 있을 때, 여자도 이미 사랑이 끝나가고 있다는 걸 느낀다. 그러니 이별의 순간이 다가오고 있다는 예감이 든다면 굳이 소모전 하지 마라. 남자의 마음을 돌리려 애쓰지도 마라. 마음이 떠난 남자는 잠시 돌려세

왔다 해도 언젠가는 다시 떠날 것이다. 당신에게 다가오는 이별을 피하지 말고 담담하게 바라보라. 그리고 남자가 당신의 입을 통해 듣고 싶어 하는 그 한마디를 먼저 해줘라. 그냥 확실한 이별의 가해자가 되어라.

당신에게 다가오는 이별을 피하지 말고 담담하게 바라보라.
그리고 남자가 당신의 입을 통해 듣고 싶어 하는
그 한마디를 먼저 해줘라.
그냥 확실한 이별의 가해자가 되어라.

남자는 항상 여자의 첫사랑이
되기를 원한다.
반면 여자는 좀 더 미묘한 본능이 있어
그들이 남자의 마지막 사랑이길 원한다.

- 영화 〈트루 로맨스〉 중에서

이별에도 예의가 필요하다

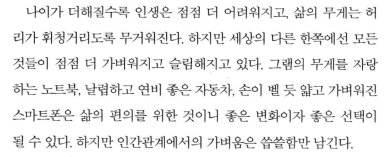

　나이가 더해질수록 인생은 점점 더 어려워지고, 삶의 무게는 허리가 휘청거리도록 무거워진다. 하지만 세상의 다른 한쪽에선 모든 것들이 점점 더 가벼워지고 슬림해지고 있다. 그램의 무게를 자랑하는 노트북, 날렵하고 연비 좋은 자동차, 손이 벨 듯 얇고 가벼워진 스마트폰은 삶의 편의를 위한 것이니 좋은 변화이자 좋은 선택이될 수 있다. 하지만 인간관계에서의 가벼움은 씁쓸함만 남긴다.

　사람 만나기 참 쉬워졌다. SNS를 통해 금방이라도 수백, 수천 명과도 소통할 수 있고, 온라인 커뮤니티를 통해 어딘가에 소속될 수도 있다. 스마트폰 채팅 앱을 통해 10분 만에 오프라인에서 사람을 만나기도 하고, 자주 보기 힘든 친구들과는 전화 통화보다 카톡으로 나누는 인사가 부담 없다. 언제든 내가 원하면 관계를 맺을 수 있고 말을 걸 수 있으며, 반대로 내가 원하지 않을 땐 관계를 끊거나 대화창을 닫아버릴 수도 있다.

연인 사이도 마찬가지다. 묵묵히 오랜 시간 지켜보며 마음을 키우다 혼자 감당할 수 없을 만큼 자라버린 어느 순간, 재채기하듯 자기도 모르게 고백해 버리는 장면은 20세기에 막을 내렸다. 이젠 눈치 봐서 저쪽도 관심 있는 것 같으면 서로 썸 좀 타다가, 아니다 싶으면 언제든 부담 없이 발을 뺀다. 그리고 이 '썸'이라는 관계에는 '쿨'이라는 조건이 따라붙는다. 잠깐 썸 타다 만 관계인데 쿨하지 못하게 계속 연락하다가는 지질한 인간으로 낙인찍힌다. '지대넓얕^(지적 대화를 위한 넓고 얕은 지식)'이라는 책이 베스트셀러가 되듯이, 인간관계 역시 깊은 것보다는 '넓고 얕게' 맺는 것이 요즘 트렌드인가도 싶다.

그렇게 가볍게 맺어진 관계이다 보니 헤어질 때도 서로를 배려하기는커녕 더 독하고, 더 모질고, 더 매너 없게 안녕을 고한다. 물론 어떤 이별이든 후폭풍은 잔인하고 처참할 수밖에 없지만, 적어도 헤어지는 순간만큼은 아주 가볍고 간단하게 끝난다. 요즘 젊은 세대들의 이별 방식은 심플하다. SNS를 통해 "우린 안 맞는 거 같아. 헤어지자"라고 말하면 한쪽에서 기다렸다는 듯 "ㅇㅋ"라고 응답한다. 이로써 마침표 찍을 새도 없이 관계가 끝난다.

그들도 분명 각자의 시간을 서로에게 쏟았을 것이고, 두근두근

설레는 감정도 한때나마 느꼈을 것이고, 서로에게 잘 보이려 노력
도 했을 것이다. 하지만 이별을 말하는 순간에는 관계에 대한 책임
감이나 인간관계의 기본적인 매너는 찾아볼 수 없다. 간혹 '직접 얼
굴 보고 이별을 말하기 어려워서', '만나서 얘기하면 서로에게 더
상처가 될까 봐'라며 구차한 변명을 늘어놓기도 한다. 그러나 이별
을 말하는 사람보다 충격받고 상처받을 사람은 이별을 받아들여야
하는 사람이다. 이유야 어찌 됐든 이별을 말하는 사람은 이별의 가
해자일 뿐이고, 악역을 맡았으면 어느 정도의 불편함은 감수해야
한다.

앞에서도 얘기했듯이 남자들은 웬만해선 이별 통보를 하지 않는
다. 이별이 마음에 스며들기 시작하면서부터는 연락 두절을 반복하
며 잠적을 습관화한다. 헤어짐을 예감하는 여자들이 육하원칙으로
물어보는 질문에 간략히 응대만 할 뿐 더 이상 마음을 두지 않는다.
교제 기간이 길든 짧든, 나이가 많든 적든, 첫사랑이든 두 번째 사
랑이든, 시간이 지나도 변하지 않는 것은 이별을 대하는 많은 남자
들의 태도다. 간혹 이별은 영화 〈킬 빌〉의 사무라이 칼처럼 단번에
동강 내는 게 낫다고 말하는 사람들이 있다. 질질 끌거나 좋게 헤어
지려고 하면 미련이 남아서 상대방을 더 힘들게 할 뿐이므로, 당장
은 잔인해 보일지라도 단칼에 잘라야 한다는 것이다. 얼핏 들으면

맞는 말 같기도 하다. 그러나 그들의 속내를 좀 더 깊이 들여다보면 섬뜩할 정도로 자기중심적이다.

연인 관계라는 방은 두 사람이 함께 사랑으로 짓고 채워갔던 곳이다. 그런데 언제부턴가 한쪽이 그 방에서 상대방 몰래 자기 감정을 조금씩 빼돌린다. 그렇게 모든 감정을 안전하게 빼냈다 싶은 순간, 당장 방 빼라고 선포한다. 상대방이 가득 채워둔 감정은 아랑곳없이, 자기 것은 없으니 공동 명의였던 이 방은 철거돼야 한다는 논리다. 방을 남겨두면 자꾸 신경 쓰이고, 자기도 힘들고, 상대방이 오래도록 그 방에 혼자 남아 울면 자기만 계속 나쁜 사람이 되는 게 싫은 것이다. 그래서 '미련을 남기면 둘 다 고통스러울 뿐'이라는 명분을 앞세워, 소나기처럼 갑작스럽고 따귀처럼 얼얼하게 이별을 통보하곤 돌아서 버린다. 자기 자신에 대한 방어만 있을 뿐, 한때 사랑했던 이에 대한 배려라곤 눈곱만큼도 없는 이별이다.

가벼워진 관계에서 예의 없는 이별의 종류는 그 밖에도 너무나 많다. 카톡이나 문자로 일방적인 이별 통보를 하고 전화번호를 바꿔 버리는 경우는 일상다반사고, 최근에는 이별 대행 서비스까지 생겼다. 이별을 말하는 것조차 불편해서 타인의 입을 빌려 전한다는 것은 쿨은커녕, 못나고 한심하기 짝이 없는 '두부 멘털'임을 증명하는 짓일 뿐이다.

이런 이별을 바라보면 도대체 저들이 사랑할 땐 어떤 모습이었을지 상상조차 안 된다. 헤어질 때 굳이 친절을 베풀 필요까진 없더라도 매너는 반드시 지켜야 한다. 어느 날 갑자기 연락을 두절한다든지 잠수를 타는 식으로 관계를 끊어선 안 된다. 최소한 상대에게 이별을 납득하고 정리할 시간을 줘야 한다. 사람이 세상을 떠나면 삼일장을 치르듯, 사랑이 떠나도 그 사실을 받아들이고 스스로 이별을 치러낼 시간이 필요하다.

이별도 드라마처럼 예고가 있어야 한다. 한창 클라이맥스로 치닫다 엔딩컷이 뜨면 시청자들은 다음 편을 알리는 예고를 보며 마음의 준비를 한다. 이별의 예고 기간은 대략 4주면 충분하다. 이별과 맞닥뜨린 첫 일주일 동안, 상대는 분노와 추억을 곱씹으며 힘든 시간을 보낼 것이다. 2주째가 되면 자기 합리화와 반성을 반복하게 되고, 3주째에는 한층 객관적이고 차분하게 자신의 이별을 바라보게 될 것이다. 그리고 비로소 4주째에 접어들면 더 이상 이별을 피하지 않고 정면으로 마주 보며 악수를 청할 수 있게 된다. 이렇게 충분히 예고 기간을 두고 이별을 한다면 상대방도 당황하지 않고 스스로 이별을 준비하고 감당할 수 있을 것이다. 이것이 헤어진 그 사람에 대한 최소한의 배려이며, 지난 내 사랑에 대한 예의다.

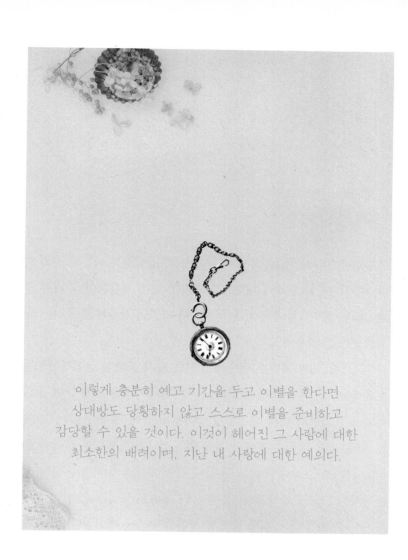

이렇게 충분히 예고 기간을 두고 이별을 한다면
상대방도 당황하지 않고 스스로 이별을 준비하고
감당할 수 있을 것이다. 이것이 헤어진 그 사람에 대한
최소한의 배려이며, 지난 내 사랑에 대한 예의다.

"두 번 다시 사랑 안 해" 말하는
당신은 진짜 바보다

주변에 "이제 연애는 다시 안 할래요"라고 말하는 이들이 간혹 있다. 대개는 지난 연애에 대한 트라우마가 있는 사람들이다. 나쁜 남자, 혹은 나쁜 여자에게 된통 당했거나 믿었던 상대에게 크나큰 배신감을 느낀 경우가 많다.

몇 년 전, 내가 라디오 방송에 출연할 당시 친해진 방송작가 B는 초등학교 동창과 연애를 했었다고 했다. 3년가량의 교제 끝에 결혼 얘기가 오가면서 한참 이것저것 알아보며 꿈에 부풀어 있던 그 시기, 악몽 같은 일이 눈앞에서 펼쳐졌다. 엄마가 장만해준 반찬과 음식을 가지고 그의 집으로 가는 길에, 근처 모텔로 여자랑 손을 잡고 들어가는 그를 목격하게 된 것이다. 더 놀라운 사실은 함께 있던 여자가 같은 초등학교 동창, 즉 B의 친한 친구라는 것이었다. 그냥 바람난 남친이래도 뒤로 넘어갈 판에 친구와 바람난 남친이라니! B와 남친은 그 길로 헤어졌고, 그와 동창은 다음 해에 결혼했다.

5년 전 그 일 이후로 B는 연애를 접었다. 김건모의 '잘못된 만남' 과 꼭 닮은 그녀의 연애사를 듣고 좋은 사람을 소개시켜 줘야겠다는 사명감에 여러 번 제안했지만, 그녀는 두 번 다시 연애하고 싶은 생각이 없다는 말만 되풀이했다. 그사이 그녀는 어느덧 30대 후반이 되었다. 그 남자와 의미 없는 교제를 한 시간까지 합하면 8년이란 긴 세월을, 그 좋은 세월을 허비한 셈이다.

물론 그녀가 그날 그 현장을 목격하게 된 것은 차라리 행운이다. 친구들도 하늘이 도왔고 조상이 보살폈다고들 한다. 만약 그 현장을 보지 못했다면 그런 남자란 사실을 모른 채 결혼했을 것이다. 결혼을 앞둔 연인의 친구와 바람피우는 남자에게 인생을 걸었을 거란 얘기다. 물론 남자의 배신, 게다가 친한 친구의 배신으로 인한 충격과 상처는 어떤 이별보다 컸을 것이다. 그리고 그 충격과 상처는 연애에 대한 두려움과 거부감으로 자리 잡았을 것이다. 굳이 그녀가 의식적으로 밀어내지 않아도 마음의 문이 굳게 닫혀 버려서 아무도 받아들이지 못하고 있는지 모른다.

하지만 그 상처를 5년 동안 끌어안고 산다는 건 너무나도 안타까운 일이다. 남자와 동창도 결혼한 마당에 보란 듯이 좋은 사람 만나서 잘사는 모습을 보여주는 게 가장 확실한 복수라면 복수일 텐데, 그녀는 5년 전 악몽 같던 그날에 갇혀버린 듯하다.

이처럼 한번 남자의 배신을 맛본 여자들은 쉽게 마음을 열지 못한다. 하지만 불변의 진리는 '사람은 사람으로 잊어야 한다'는 것이다. 사람에게 받은 상처는 사람만이 치유할 수 있고, 사람에게 닫힌 마음은 사람만이 열 수 있다. 앞으로 살아갈 그 많은 날을 언제까지 혼자 지낼 수만은 없다. 언젠가 마음의 문이 열리는 날 누군가를 만나 시작할 거라면, 그때까지 기다리지 말고 스스로 마음의 문을 열면 좀 더 빨리 행복을 만나게 될 것이다. 사랑하는 사람과 인생을 함께한다는 것은 행운이고 행복이다. 어차피 우리 인생 궁극의 목표는 행복 아닌가.

상처의 원인과 크기는 저마다 다르겠지만, 누군가에게 상처받고 마음을 닫았다면 그 상처를 이제 밖으로 드러낼 필요가 있다. 우리는 손가락을 베면 소독약을 바르고 밴드를 붙인다. 그게 치료의 정석인 것 같지만 의사의 말로는 그렇지 않다고 한다. 상처는 싸매는 것보다 공기 중에 열어놓을 때 가장 빨리 아문다고 한다. 물론 깨끗한 환경에서 말이다. 그때는 오히려 관리를 잘못하면 2차 감염을 일으킬 수도 있는 소독약이나 밴드도 필요 없다고 한다. 흐르는 물에 상처를 씻고 바람 잘 통하게 내버려두는 게 부작용이나 흉터 없이 상처가 가장 잘 아물 수 있는 비결이라는 것이다. 누구 좋으라고 외딴 방에 들어가 문을 잠그고 있는가? 꽁꽁 감싸고 닫아둬서 덧나고 아물지 않은 상처를 이제는 드러내야 할 때다.

누구 좋으라고 외딴 방에 들어가 문을 잠그고 있는가?
꽁꽁 감싸고 닫아둬서 덧나고 아물지 않은 상처를
이제는 드러내야 할 때다.

이별에 대처하는 우리의 자세

시간이 지나면 다 잊혀지고 새로운 사람으로 이별의 상처를 이겨
낼 수 있다고 한다. 하지만 그 시간을 어떻게 보내고, 어떤 방법으
로 이겨내야 하는지 알아둘 필요가 있다.

마음의 정리, 4주면 충분하다

자신에게 닥친 이별을 받아들이고 현재 상황을 직시하는 데는 시
간이 필요하다. 그 기간은 4주면 충분한데, 그 4주를 어떻게 보내는
가에 따라 상처가 잘 아물지, 덧날지가 판가름난다. 부부가 합의이
혼을 신청하면 법적으로 이혼 숙려기간을 가져야 하는데 그 기간
도 4주다. 그렇게 보면 4주는 두 사람이 함께했던 과거를 돌아보고,
자신의 현재 상태를 들여다보고, 홀로서기를 해야 할 미래를 준비

하기에 가장 적절한 마음의 정리 기간인 셈이다.

먼저 이별 1주차에는 마음껏 분노하고 원망하고 지난 시간을 추억하라. 이별 후 바로 잊는다는 건 어차피 불가능하니 마음껏 생각하게 내버려두는 것이다. 2주차에는 지난 연애에 대한 자기반성의 시간으로 보내라. 이별의 이유를 곱씹으며 후회하라는 말이 아니라, 같은 잘못과 실수를 반복하지 않기 위해 각성하라는 것이다. 3주차에는 연애, 그, 나, 이별 등을 조금 거리를 두고 최대한 객관화하여 돌아보라. 이 시기에는 울컥하거나 버럭하는 등 감정의 동요가 크게 줄어든다. 이 시기에 이별의 이유를 곰곰이 생각해 보면 좀 더 객관적으로 그와의 이별을 바라볼 수 있게 된다. 4주차에는 그와의 연애가 남긴 모든 흔적과 추억을 정리하라. 이별 자체를 직시하고 온전히 받아들이는 것이다. 그다음은 이별을 인정하고 새로운 사람을 만나 새로운 사랑을 꿈꿀 차례다.

치유의 글쓰기를 시작해 보자

끝없이 우울해지고, 순간순간 화가 치밀어 오르고, 복수심이 주체할 수 없이 끓어오를 때, 일기를 쓰며 감정을 정리해 보라. 거짓말처럼 마음이 가라앉게 된다. 매일매일 일기를 쓰다 보면 어느 순간부터 하루씩 일기를 거르게 되는 날이 올 것이다. 군이 일기장에

하소연하지 않아도 되는 날이 하루씩 늘어난 것이고, 이별의 상처가 그만큼 아물고 있다는 뜻이다.

가사 있는 음악은 절대로 듣지 마라

애써 이별의 흔적을 지우고 잘 지내다가도 덜컥 무너지는 때가 있다. 유행가 가사 속 얘기가 내 연애와 닮아 있을 때가 바로 그 순간인데, 그때부터 이별의 아픔이 재생되고 언제 희미해졌냐는 듯 다시 자라 오른다. 흔히 이별한 사람들은 슬프고 우울한 음악을 들으며 마음을 달래려 한다. 노랫말이 모두 내 얘기 같고 누군가가 공감해 주는 것 같아 슬픈 노래만 찾아 들으며 눈물을 쏟곤 한다. 하지만 이런 행동은 이별을 받아들이고 상처를 아물게 하는 데 아무런 도움이 안 된다. 그렇다고 굳이 신나는 음악을 들을 필요는 없지만, 되도록 가사 없는 음악을 초이스하자.

에너지 쏟을 곳을 찾아보라

이별 후 처음엔 이별의 원인 제공자인 그를 증오하고, 그다음엔 서서히 자기 탓으로 돌리며 상심하는 경우가 대부분이다. 특히 일방적으로 이별을 통보받은 경우, '버림'받고 '거절'당했다는 생각에 자존감을 상실하기 쉽다. 그래서 내 인생에 사랑 따윈 없다고 다짐하곤 자기만의 동굴 속으로 기어들어가 버린다. 그럴수록 실연의 상처는 더 깊이 당신을 헤집고, 혼자 멋대로 짐작한 이별의 원인들이 암세포처럼 증식해 마침내 당신을 짓눌러 버릴지도 모른다. 그럴 땐 무조건 벗어나 보라. 생각이 깊어질수록 잘못된 판단을 내리기 쉬운 게 바로 이별의 원인을 찾는 것이다. 너무 흔한 솔루션 같지만 킬링타임용 약속이나 모임을 만들어 미친 듯이 참석해 보라. 시작은 무의미하게 느껴질지 몰라도 이별에 집착하던 당신의 관심을 다른 데 집중시키는 과정을 반복하다 보면 스스로 즐기게 되고, 그러다 보면 숨 막히던 기억들도 점차 사그라들어 '오래전 그'를 무심한 듯 얘기하게 되는 당신과 마주하게 될 것이다.

그와의 채널, SNS를 끊고 휴대폰을 멀리하라

한창 연애할 때만큼이나 온 신경을 휴대폰에 집중하게 되는 시기가 이별 후다. 오지 않을 연락을 기다리며 휴대폰을 손에 꼭 쥐고 선잠을 자는 당신, 어리석다. 남자는 먼저 이별을 얘기하지 않는 습성을 가진 만큼, 일단 이별을 인정하고 나면 미련이 없다. 여자들보다 훨씬 더 현실적으로 이별을 받아들이기 때문에 다시 연락하는 일 따위 하지 않는다. 어느 늦은 밤 취중의 전화를 당신에 대한 미련으로 믿고 싶겠지만, 착각이다. 그는 연애 때문에 못 하거나 미뤄

됐던 자기만의 여흥거리들로 이별 후의 시간을 재구성한다. 주말이면 야구장을 찾아 목청껏 응원하고, 이어지는 친구들과의 술자리로 자신을 새롭게 셋업시킨다. 그러니 오지 않는 그의 연락을 기다리지도 말고, 그의 프사나 상태 메시지를 훑어보는 짓도 하지 말자. 시시때때로 바뀌는 그의 SNS 대문글에 무슨 암호라도 숨겨진 양, 당신을 향한 메시지인 양 착각하지 말라. 사랑을 속삭였던 그곳은 당신에겐 추억을 떠올리기 위한 곳이지만 그에겐 새로운 사랑을 시작하기 위한 장소일 뿐이다.

내 이상형이 아닌 남자들을 주목하기 시작하라

"만나는 남자들마다 왜 이런지 모르겠어요"라고 푸념하는 여자들은 이별의 원인도 비슷할 거라고 짐작할 수 있다. 그 이유가 그에게 있다고 믿고 싶겠지만, 실은 당신이 비슷비슷한 유형의 남자들을 만나기 때문일지도 모른다. 즉 당신의 이상형이 선택한 고만고만한 남자들이 고만고만한 이유들로 당신과 이별을 만들어 가는지도 모르는 것이다. 그러니 만약 연애에 실패를 거듭한다면 당신의 이상형을 바꿔봐도 좋을 것이다. 이상형은 이상형일 뿐, 나와 궁합이 맞는 남자들은 따로 있을 수 있다. 남자 보는 안목의 각도를 확 틀어서 이상형과는 거리가 먼 남자들부터 찬찬히 훑어보는 것이

어떨까? 썸 타기 시작하는 그의 모습이 어딘지 익숙한 듯하고 미심
쩍은 전조가 보인다면 눈 딱 감고 썸을 끝내자. 매번 비슷한 옷을
구입하면 레이어드를 해도, 디테일을 살려도 결국 같은 옷을 입은
느낌일 뿐, 남자를 초이스하는 스타일링도 새롭게 시도해 보라.

이런 남자, 결혼할까 vs. 말까?

30대 중반이 넘어가면 괜찮은 남자 만나는 일도 참 어렵지만 그와 결혼까지 골인하는 일, 더욱 어렵다.

어떻게 해서 건진 남잔데, 여기까지 어떻게 왔는데, 그를 놓치면 더 이상 기회는 오지 않을 것만 같다. 하지만 막상 그와 결혼하려니 마음 한구석이 영 불안하고 찜찜하다. 한두 가지 단점이야 나도 있고, 얼마든지 이해하고 맞춰줄 용의가 있지만, 그냥 눈감아 주기엔 장차 나에게 치명타가 될지도 모른단 생각에 망설여진다.

이런 남자랑 결혼해도 괜찮을까?

Q. 나한테 경제적으로 의지하고 싶은 걸까요?

저는 20대부터 시작한 자영업을 지금까지 하고 있고, 그는 대학을 늦게 졸업해서 아직 대리도 못 단 평사원이에요. 오랫동안 한자리에서 장사를 한 덕분에 저는 경제적으로 조금 안정돼 있는 편인데요. 언제부턴가 그가 저에게 의지를 하는 것 같은 느낌이 드네요. "오늘은 자기가 사", "아, 이번 달엔 카드값이 너무 많이 나왔네~", "나 요즘 힘들다"는 말을 입에 달고 살거든요. 게다가 요즘은 회사 그만두고 저랑 같이 일하면 어떻겠냐고 농담처럼 말하곤 해요. 데이트할 때 많이 버는 쪽이 좀 더 쓰는 건 괜찮지만, 그래도 제가 일궈온 사업체를 같이 운영하는 건 아닌 것 같아요. 이 사람, 농담처럼 하는 말인데 제가 예민한 걸까요? _38세, 의류매장 운영

A. 고민만 하지 말고 진지하게 그에게 직접 물어보세요. 정말로 사업체를 같이 운영하고 싶어 한다면 그가 결혼 상대로 훌륭한 사람은 아니라는 생각이 드네요. 사랑이냐 일이냐 선택의 문제가 아닙니다. 사랑하는 여자가 오랫동안 고생해서 일궈낸 성과에 숟가락 얹으려는 심보, 남자라면 쉽지 않은 일입니다. 혹시 당신을 호구로 보고 있는 건 아닐까요?

남친이 바람피우다 저한테 딱 걸렸어요. 계속 의심스러웠지만 저
를 예민한 여자로 몰아붙이기에 그냥 넘어갔는데, 결국 회사 후배
랑 바람났네요. 결혼을 약속한 사이라 그 후배도 저를 알고 있고요,
사석에서 한번 스치듯 본 적도 있어요. 사귄 지 5년이라 권태기가
온 모양이라고, 잠시 흔들린 것뿐이라며 남친은 손이 발이 되도록
빌고 있어요. 정말 밉고 괘씸하지만 5년이란 시간이 짧은 것도 아
니고, 아직 그를 사랑하고 있는 것 같아 쉽게 결정하기가 어렵네요.
한번 용서하면 그, 다시는 바람피우지 않을까요? _35세, 디자이너

A. 잠깐의 바람보다 더 큰 문제는 당신을 이상한 사람으로 몰아버
린 남자의 비겁함입니다. 새로운 사람에게 잠시 흔들릴 순 있지만,
5년이나 곁을 지켜준 당신을 자기 마음에서 잠시 내보내고 새로운
사람을 들여놓은 건 당신에 대한 신의를 깨버린 짓 아닌가요? 매번
새로운 사람이 나타날 때마다 당신을 내보냈다 들여놨다 해도 참
아낼 자신이 있다면 아직 그를 사랑하는 마음을 지켜 가세요. 결혼
하고 10년 뒤에도 지금 같은 고민을 안 할 거라고 자신할 수 있다
면 말이지요.

Q. 자기는 괜찮고 남은 절대 안 돼~ 라는 이 남자, 갯할까요, 버릴까요?

얼마 전부터 돌싱이랑 썸 타는 중이에요. 막상 만나다 보니 돌싱이라는 핸디캡은 전혀 상관없더라고요. 사람만 좋으면 됐다 싶고 ……. 그런데 어느 날인가 밤늦게 카톡을 보냈는데 답이 없더니, 나중엔 늦은 시간에 연락했다고 화를 내더라고요. 마치 그동안 밤늦게 연락 한번 안 한 사람처럼 말이에요. 처음엔 좀 당황스러웠는데, 그런 일들이 한두 번 쌓이다 보니 이 사람 배려가 없구나 싶었어요. 본인이 좋을 때는 밤새 통화하다가도 기분 안 좋은 일이 있을 땐 제 연락조차 거부하고 화를 내다니요! 행동이 갑자기 돌변하니 너무 당황스러워요. 배려 없는 남자, 맞지요? _ **40세, 프리랜서 작가**

A. 성격 불같고 변덕 많고 이기적인 남자는 여자가 만나지 말아야 할 3대 금기남입니다. 한 가지 예만 가지고 단정 짓긴 어렵지만, 지금 당신의 남자는 이 3대 요소를 기막히게 세트로 가지고 있네요. 썸 타는 시기에도 이런데 결혼한 다음에는 안 봐도 뻔하지 않을까요? 이런 남자는 굳이 이해하려고 노력하지 마세요. 불같은 성격에 놀라고, 변덕에 상처받고, 이기적인 태도에 사랑받고 있지 않다고 느끼게 될 겁니다. 당신, 외로운 사랑을 하고 있군요.

Q. 나를 책임질 생각이 없나 봐요. 결혼 얘기를 도통 안 해요.

소개팅으로 만난 그와 2년째 연애 중입니다. 결혼이나 앞날 얘기를 꺼내면 슬슬 피하는 느낌이 드네요. 특별히 결혼 생각이 없어 보이진 않는데, 그의 미래에 내가 없는 것 같아 서운해요. 그렇다고 먼저 결혼하자는 말 꺼내기도 자존심 상하고요. 생각이 복잡해지다 보니 그가 '나중에', '이다음에' 라는 말을 유난히 자주 하는 것처럼 느껴지기도 해요. 그의 마음속엔 제가 없는 걸까요? 아니면 제가 성급한 걸까요? _35세, 회사원

A. 아직 결혼 생각이 없는 사람한테 결혼을 재촉하는 건 그에게도 고문입니다. 요즘 연애를 하면 반드시 결혼해야 한다고 생각하는 사람은 거의 없습니다. 당신이 그와 결혼하고 싶다면 확실하게 의사를 밝히세요. 당신과의 결혼에 대한 확신이 없는 그와 계속 이런 연애를 이어 간다면 머지않아 "그에게 버림당했어요"라며 그를 '나쁜 놈'으로 몰아갈 게 보입니다. 그와의 연애를 당장 끊고 당신과 결혼하고 싶어 하는 남자를 만나세요. 당신은 그럴 가치가 있습니다.

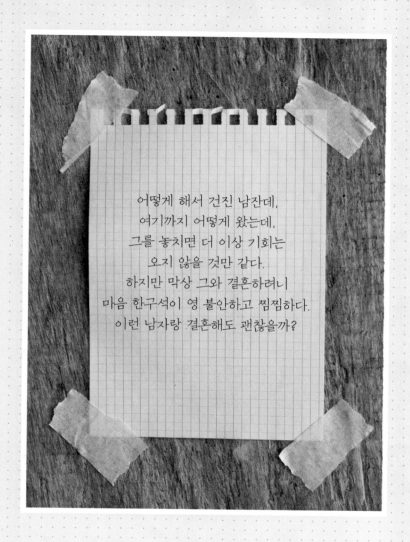

어떻게 해서 건진 남잔데,
여기까지 어떻게 왔는데,
그를 놓치면 더 이상 기회는
오지 않을 것만 같다.
하지만 막상 그와 결혼하려니
마음 한구석이 영 불안하고 찜찜하다.
이런 남자랑 결혼해도 괜찮을까?

인생 2막,
그 시작은 결혼이다

최근 들어 이른바 '삼포세대연애, 결혼, 출산을 포기한 세대'에 관한 뉴스를 접할 때마다 커플매니저로서 남다른 안타까움을 느끼곤 한다. 실제로 내 주변만 봐도 연애를 하지 않는 싱글들이 점점 늘고 있다. 특히 3545 싱글녀들은 나이 때문에라도 연애를 결혼과 떼어놓고 생각하기 어렵다 보니, 연애 자체가 부담이 될 수밖에 없다. 하지만 조금만 생각을 바꾸면 결혼에 대한 인식도 바뀔 수 있고, 연애를 좀 더 부담 없이 시작할 수 있다.

누군가에게 소속되고, 가정을 이루고, 의무와 책임이 늘어나고, 서로에게 맞춰가는 것만이 결혼의 전부는 아니다. 결혼은 외로움을 치유할 수 있는 가장 확실한 방법이자, 내 짝과 함께 새로운 인생을 공유해볼 수 있는 색다른 경험이기도 하다. 지금껏 경험해 보지 못한 인생의 2막을 장식하는 것이 결혼이고, 그 앞단에 연애가 있는 것뿐이다.

　100세 시대라는 말은 싱글들에게 어떤 의미일까? 지금까지 싱글로 살아온 시간과는 비교도 할 수 없을 만큼 수많은 날들을 혼자 살아가야 한다고 상상해 보자. 부모와 형제자매, 친구들이 혹은 수명을 다해서, 혹은 세월과 함께 불어난 가족들과 시간을 보내느라 내 삶에서 점점 멀어져 가고, 결국 나 혼자 일어나고 혼자 밥 먹는 일을 죽을 때까지 반복해야 한다.

　물론 우리 사회에서도 싱글 인구가 늘어나면서 그들을 위한 시장도 점점 커지는 추세이고, 경제적 문제만 아니라면 혼자 생활하는 데 따른 불편함은 거의 없다고 해도 과언이 아니다. 맘만 먹으면 즐길 거리, 놀 거리도 얼마든지 있다. 하지만 아무리 온/오프라인을 넘나들며 카페 활동을 하고 동호회 모임을 가져도 그 즐거움이 근원적인 외로움까지 달랠 수는 없다. 그래서 절대적인 내 편, 좋을 때도 싫을 때도 붙어 있을 짝이 필요한 것이고, 눈을 감는 날까지 한순간도 콩깍지가 떨어지지 않는 영원한 사랑, 자녀가 필요한 것이다.

지금이야 가까운 친구들이 남편과 자녀를 대신해줄 수 있을 것 같지만, 함께 끝까지 독거노인으로 늙어갈 친구가 아니라면 오래오래 '서로' 의지가 돼주긴 어렵다. 물론 나이 들어서 친구들이 자녀를 다 키워 보내고 나면 같이 맛있는 것도 먹고, 여행도 다니며 함께하는 시간이 늘어날 수는 있을 것이다. 그러나 행복했던 여행의 마지막 장면을 상상해 보라. 공항에 마중 나온 남편이나 자식과 함박웃음으로 서로를 반기며, 대신 캐리어를 끌어주는 남편 혹은 아들딸의 팔짱을 끼고 주차장으로 멀어지는 친구의 뒷모습. 그리고 홀로 쓸쓸히 돌아온 집, 현관 센서등이 꺼지기 전에 얼른 거실 스위치를 더듬어 켜며 캐리어만큼이나 무겁게 감도는 정적 속에 우두커니 앉아 있는 나의 모습.

　그래도 결혼 생각이 없다고 말하는 사람이 있다면 더 늦기 전에 생각을 분명히 정리해볼 필요가 있다. 정말로 결혼 생각이 없는 것인지, 아니면 막연히 결혼이 두려운 것인지 깊이 생각해 보라는 것이다. 최근 3년 사이에 친구나 동료, 선배들이 결혼해서 잘사는 모습을 보거나 그들의 결혼식을 보며 내심 부러웠던 적이 있다면 결혼 생각이 없다는 당신의 말은 거짓말이다. 반면 결혼에 대한 막연한 부담감이나 두려움 때문이라면, 너무 완벽한 결혼을 꿈꾸지만 않으면 얼마든지 가능성이 열려 있다.

　혼자 살아내기도 이렇게 벅찬데 남편을 챙기고, 아이를 책임지고, 시댁과의 복잡미묘한 관계를 감당하며 살 자신이 없고 부담스러운가? 그런 상상만 해도 두려워지고 뒷걸음치고 싶은 것은 지극히 당연한 반응이다. 하지만 어차피 당장 결혼하자는 사람이 있는 것도 아니니, 상상 속 사약을 지금부터 들이켤 필요는 없다.

내가 이 책에서 당신에게 건넸던 수많은 얘기들을 한 줄로 요약하면 '돌아보고, 준비하고, 뛰어들라'는 것이다. 지금까지 내 연애는 왜 늘 요 모양 요 꼴이었는지 냉정하게 돌아보고, 얼마 안 남은 선택지 중에서 어떻게 하면 지뢰를 피해 괜찮은 남자를 만나고 괜찮은 연애를 할 수 있을지 준비하고, 준비가 됐다면 두려움 없이 뛰어들어라. 당장 할 것도 아닌 결혼에 대한 부담이나 두려움은 잠시 내려놓자. 그 고민은 이 남자랑 결혼을 할까 말까 하는 단계까지 간 다음에 하면 된다. 그 단계까지 두 사람이 어떤 교감을, 어떤 믿음을, 어떤 사랑을 주고받았는지, 앞으로 당신이 하게 될 연애의 시간과 과정이 그 답을 알려줄 것이다.

3545 싱글녀들을 위한 본격 '썸'토크

당신에게
연애가
어려운 이유

초판 1쇄 찍은 날 | 2015년 8월 10일
초판 1쇄 펴낸 날 | 2015년 8월 17일

지은이 | 홍유진
발행인 | 한동숙
편집주간 | 류미정
기획진행 | 이주희

발행처 | 더시드컴퍼니
출판등록 | 2013년 1월 4일 제 2013-000003호
주소 | 서울 강서구 화곡로 68길 36 에이스에이존 11층 1112호
전화 | 02-2691-3111 팩스 | 02-2694-1205
전자우편 | seedcoms@hanmail.net

ⓒ 홍유진 2015

ISBN 978-89-98965-07-5 03810